孙犁晚作选

孙犁读本

孙晓玲 李屏锦 ◎ 主编

河北出版传媒集团
花山文艺出版社

图书在版编目（CIP）数据

孙犁晚作选 / 孙犁著；孙晓玲，李屏锦主编. —石家庄：花山文艺出版社，2015.12（2020.6重印）
（"孙犁读本"）
ISBN 978-7-5511-2661-8

Ⅰ.①孙… Ⅱ.①孙… ②孙… ③李… Ⅲ.①中国文学－当代文学－作品综合集 Ⅳ.①I217.2

中国版本图书馆CIP数据核字（2016）第009033号

丛 书 名：	孙犁读本
主　　编：	孙晓玲　李屏锦
书　　名：	**孙犁晚作选**
著　　者：	孙　犁
编 选 者：	杨振喜
策划统筹：	张采鑫　赵锁学
责任编辑：	梁东方　贺　进
责任校对：	李　伟
封面设计：	景　轩
美术编辑：	胡彤亮
出版发行：	花山文艺出版社（邮政编码：050061）
	（河北省石家庄市友谊北大街330号）
销售热线：	0311-88643221/29/31/32/26
传　　真：	0311-88643225
印　　刷：	三河市华东印刷有限公司
经　　销：	新华书店
开　　本：	700×1000　1/16
印　　张：	15.75
字　　数：	180千字
版　　次：	2017年4月第1版
	2020年6月第2次印刷
书　　号：	ISBN 978-7-5511-2661-8
定　　价：	32.00元

（版权所有　翻印必究·印装有误　负责调换）

回眸一笑 亲情依依

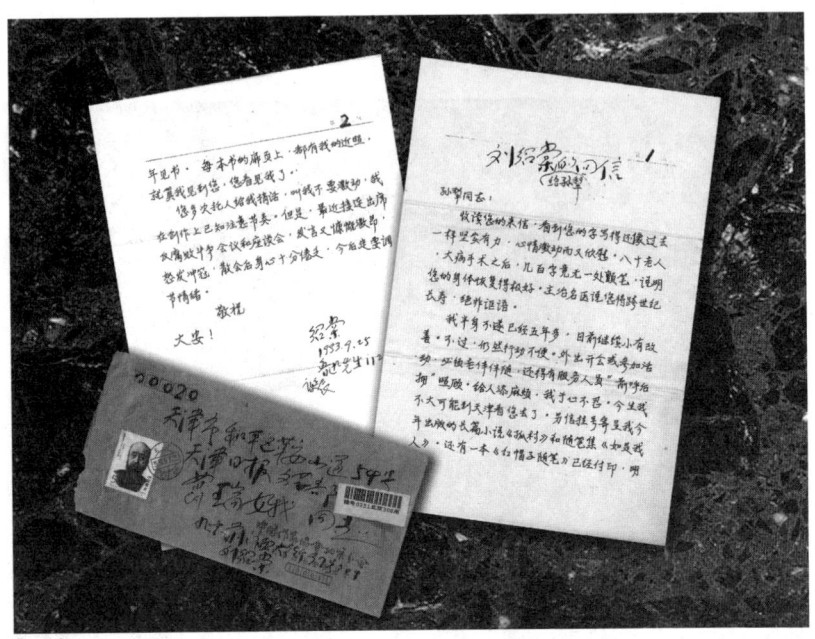

1993年9月25日，刘绍棠致孙犁的信

20世纪90年代孙犁在天津市多伦道寓所

《风云初记》书衣文录之一

孙犁为友人的《鲁迅全集》题签

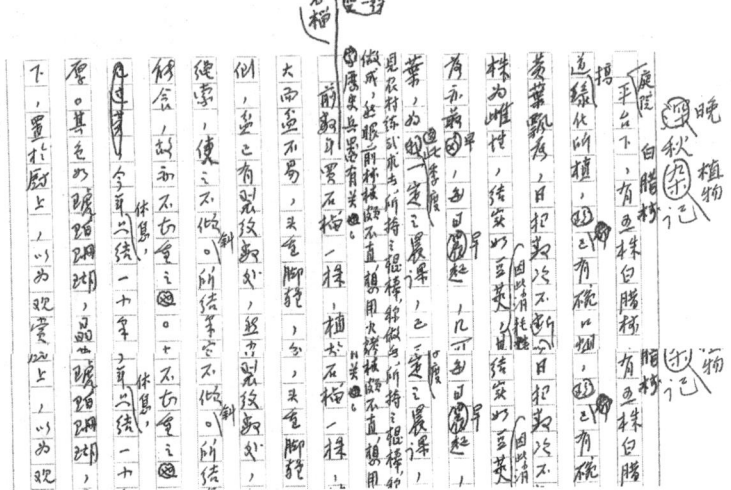

《晚秋植物记》手稿

1964年11月,孙犁在保定抱阳山

编 者 的 话

《孙犁读本》是孙犁作品的普及本。

孙犁是我国革命文学的一面旗帜，是风格独具的文学大师。在我国现当代文学史上，只有一个孙犁！

孙犁对中国革命文学的贡献，他崇高的文品人品，深深地影响了一代又一代人，被广大作家和读者所敬爱。

孙犁的抗战小说写得最好最多，《荷花淀》誉满天下。

孙犁的《风云初记》和《铁木前传》被誉为共和国中长篇小说的经典之作。

孙犁一生不随波逐流，坚持讲真话，愈到晚年，思想愈臻成熟，行文尤其老辣，他的《耕堂文录十种》不同凡响，其思想之深邃与节操之坚贞，最终成就为作家良心的光辉形象。

孙犁饱览群书，博古通今，知识渊博，是学者型作家。他的文章、题跋、书衣文录等，给予读者智慧和力量；他广泛阅读新人新作，扶植他们健康地走上文坛，有口皆碑。

《孙犁读本》面向大众，首次将孙犁的作品分门别类地作了归纳，包括《孙犁抗日作品选》《孙犁诗歌剧本选》《孙犁评论选》《孙犁书信选》《孙犁作品·少年读本》《孙犁作品·老年读本》

《孙犁晚作选》《孙犁论读书》《孙犁论孙犁》《孙犁名言录》，共十种。

  《孙犁读本》涵盖了除中长篇小说以外孙犁的全部作品，各自独立，又共为一体，言简意赅，富有新意，免除读者翻检之劳。各册编者不约而同地看中了某些篇目，不可避免地会有少量的重复；倘若完全排除重复，必有遗珠之憾。仁者见仁，智者见智。在两难之中，我们力求协调，不使偏失。

  尚祈读者、方家不吝赐教！

  本书编选过程中，阎纲先生热情指点，在此深表谢意。

编者谨识
2016 年 3 月 10 日

序：读懂父亲

□ 孙晓玲

有人说他是迎风也不招展的一面旗帜，有人说他是越打磨越亮的一面古镜，有人说他是文苑那轮皎洁的明月，有人说他是淀水荷花的精魂……不管别人怎样评价他、赞美他，他就是他——生活中我们最慈爱的父亲。

努力读懂父亲的路我走了很长，而且就算我永久地闭上眼睛，也不可能完全读懂，因为父亲是一本极为厚重极具内涵的人生大书，"大道低回，独鹤与飞"。但我愿一点一点地翻阅，用心细细地品读、了解、感悟这本书。

小时候懵懵懂懂，父亲带我参观他的写作小屋时，告诉我，他就在这里写作。那是天津市多伦道216号大院后院一排平房中的一间。过去是《大公报》创始人之一吴鼎昌用人住的地方。这间小屋只有一张写字桌、一把椅子、一张单人床。说到写作，他似乎有种兴奋，他告诉我："我吃的是草，挤的是奶。"我茫然、困惑不解，是嫌母亲做的饭不够好吗？他为什么这样说呢？后来我才知道他背的是鲁迅先生说过的一句话，那是他的心志。

在一个城市与父亲共同生活52年的岁月里，我对他的了解逐渐加深。尤其搬到蛇形楼之后我已经退休，常去看望他，父亲身体好时三言五语也给我说过他对文学创作上的一些独特见解，对我的求教也有一两点针对性的指导。父亲去世后，我历经十余年寒窗苦，在2011年与2013年写完《布衣：我的父亲孙犁》与《逝不去的彩云》两本怀思父亲的书。之后，我对父亲的作品渐渐熟悉了起来，是父亲的作品伴着我度过了远离慈父的岁月，是父亲的作品给了我莫大的安慰，给了我奋进的力量，给了我如见亲人的温暖，给了我更多写作上的点拨与规诫。我不仅是父亲的女儿，还是他的读者、学生；他不仅是我慈爱的父亲，还是对我谆谆教诲引导我写作的良师、近在咫尺的国文教员、文学启蒙人。无论过去现在，我为有这样一个父亲感到深深地自豪。不论做人为文，他永远是我学习的楷模。尤其当我发苍苍、视茫茫，年近古稀之际，能亲身体会到文学创作带给我的慰藉与快乐之时，我的心中充满感恩之情。现在我的女儿也拿起手中笔写了很多关于姥爷的回忆，在天津《中老年时报》上开辟了专栏。我们都是仰望大树的小草，根深叶茂的参天大树，一枝一叶都令我们景仰无限，叹为观止。

在父亲孙犁七十多年文字生涯里，他用心血凝聚了300多万字的心灵之作。这笔丰厚的文学遗产，是中外优秀文化遗产的继承与发展，尤其是对鲁迅文化遗产的继承与发展，留给了后人，留给了民族，留给了中国现当代文库。

父亲而立之年在延安窑洞写出成名之作《荷花淀》，以高超的艺术手法，传递了民族精神、爱国热情；不惑之年父亲满怀激情在天津市和平区多伦道原155号《天津日报》编辑部写出抗战题材长篇小说《风云初记》，成为烽火中的抗战文学红色经典、爱国主义优秀教材。在和平区多伦道216号侧院《天津日报》宿舍披星戴月写出中篇小说《铁木前传》，被称为共和国中篇小说经典扛鼎之作；花甲之年至耄耋之年，他在天津市多伦道大院与南开区蛇形楼内呕心沥血又写出了十本散文集,四百多篇文章。这十本小书,浸透着父亲"沉迷雕虫技,至老意迟迟"十三年废寝忘食的投入,焕发着老树着新花的光彩,闪烁着真知灼见的光辉。20世纪80年代初,八卷本《孙犁文集》面世。这八本文集,民族魂魄铸雄文,浸透着父亲半个多世纪以来文学历程的心血才智,字字似珠玑,篇篇有情义,创造了一个历经关山考验,白纸黑字可不作一处更改的奇迹。

父亲一生虚心向生活学习、向人民学习,他把生活留给了历史,历史也留住了他的文学生命。他是一位一生向人民奉献精品的作家。

为了弘扬伟大的爱国主义精神,为了弘扬中华民族优秀传统文化,为使优秀文艺作品成为人民群众的知心朋友,我于2015年——中国人民抗日战争暨世界反法西斯战争胜利70周年这一具有重大历史意义之年,抱着"缅怀先生莫如读他的作品"这一理念,怀十三年追思之痛,仰高山之大美、叹芸斋之丰赡、赞耕堂之奉献,与父亲友人花山文艺出版社原副总编辑、资深编审李屏锦先生共同主编了这套丛书。他与我父亲生前交往甚洽,这次编书不遗余力地给了我极大帮助。此"孙犁读本"系列包括:《孙犁抗日作品选》《孙犁诗歌剧本选》《孙犁评论选》《孙犁书信选》《孙犁作品·少年读本》《孙犁作品·老年读本》《孙犁晚作选》《孙犁论读书》《孙犁论孙犁》《孙犁名言录》,共十种。

在花山文艺出版社领导张采鑫、赵锁学等同志的鼎力支持下,在杨振喜、刘传芳、郑新芳、梁东方等孙犁研究专家、学者、编辑的齐心努力、不辞辛劳工作中,这套饱含对孙犁先生思念与景仰,崭新、素雅、简朴、易读、面向广大读者的丛书终于面世。

怀文学梦　一生追寻

父亲自小聪慧好学，奶奶常夸他"三岁看大，七岁知老，从小爱念书"。还是在本村上小学时，教书先生就对我爷爷说："你这个孩子，将来会有更大的出息。"上高小后父亲便爱上了新文学作品，除了课堂受教，他经常利用课外时间阅读报纸图书，他的同学们都知道，操场上少见他的身影，图书馆是他最爱待的地方。

"不积跬步无以至千里，不积小流无以成江海。"在文学理想追求上，父亲一生不仅极为执着，极为勤奋，而且也与梦悠悠相关、绵绵缠绕。从他少年时的"求学梦""莲池梦"，青年时的"文学梦""青春梦"，壮年军伍时的"游子梦""报国梦"，晚年时的"耕堂梦""芸斋梦""桑梓梦""还乡梦"，他有追梦的"无与伦比之向往"，有梦想破灭的失意与痛苦，也有美梦成真的快乐欢欣。

自青少年时期受到《红楼梦》《聊斋志异》《牡丹亭》及唐诗宋词这些与梦有关的古典文学影响，父亲对博大精深的中华民族"梦"文化也有兴趣。在父亲晚年创作中，《书的梦》《画的梦》《戏的梦》《戏的续梦》《青春余梦》《芸斋梦余》，皆以"梦"字为题，而《亡人逸事》《老家》《包袱皮儿》《一九七六年》《幻灭》《关于〈山地回忆〉的回忆》等一些充满亲情、乡情、军民鱼水情和切身感受的作品，也不乏梦的情愫。他默默地如春蚕展吐，不断地编织已逝的旧梦，在静静的编织中，又不时补进现实沉潜的感受。

"梦的系列"是父亲晚年创作中的一个重要组成部分，是他十年梦魇之后，孤独反思、寂寞为文所留下的不可忽视的一道独特的文学景观，与"白洋淀系列"相比，尽管两者风格截然不同，前者荷浮幽香、清新隽永，后者老辣逼人、意蕴丰厚，但都紧紧触摸着时代的脉搏，都是他心路历程的凝结。

文如荷美　品似莲清

　　文品、人品的高度统一，造就了父亲作品历久弥新的生命力。

　　父亲一生爱国家、爱民族，七七事变后，抛妻舍子告别双亲，带着一支笔投身抗日洪流，走上革命的路，写作的路。战乱奔波，行军跋涉，被大水冲走过，被炸弹爆炸惊吓过，上前线采访险遭不测过，在蒿儿梁病倒过……山边、地头、农舍，他创作了大量优秀的抗日作品，为这场保家卫国的伟大战争做出了热血男儿安邦御辱的无私奉献。及至晚年，日本帝国主义的铁蹄声犹在耳畔，敌人肆虐后的战士、群众、孤儿寡母哭啼声犹在耳畔，不忘国耻、警钟长鸣。生活中他布衣素食，不求享受，甘于清贫，不慕奢华；在平凡的生活中我行我素地保持着他对文学理想神圣的追求。

　　1966年惊心动魄的"文革"开始后与父亲共同经历了多次被抄家、被逼迁，共同经历了人妖颠倒、文士横死、文苑凋零的严酷与惨烈，父亲的文学梦被无情摧毁。我深知这一"史无前例的文化运动"对他造成的心灵伤害。

　　父亲在逆境中不向权贵折腰，不跟风、不整人。我亲眼看见，父亲向造反派交代的材料上只有一行开头，无半句下文；我亲耳听他沉痛地呐喊："这是要把国家搞成什么？"别看父亲体质瘦弱，可他是非分明、疾恶如仇，铜枝铁干无媚骨，不管形势多么复杂、多么混乱，他头脑清醒不盲从，更不做违背良心良知的事情，有传统知识分子的风骨。

　　"四人帮"祸国殃民的邪恶凶残，令这个正直的作家深恶痛绝。任风云变幻、黑云压城，他铁骨铮铮，宁折不弯。十年动乱、头戴荆冠，他不跟形势修改自己的抗战作品，一字不动，宁可沉默，不昧天良；任污蔑辱骂，不求助于位高有势的权威、新贵以求"解放"。他浊清分明，耻于跟那些帮派文字登在同一版面。

书衣残帛记心语，旧牛皮纸封皮上一段段语句，犹如日记，倾吐出他内心多少积郁忧愤。

父亲极其尊崇热爱鲁迅先生，诗人田间在艰苦的条件下曾赠他"横眉冷对千夫指，俯首甘为孺子牛"两寸宽窄纸对联，与他相互激励。

我记得与父亲谈话，涉及先生的照片集、作品，只要提到鲁迅先生，父亲神情声音便立时充满了仰慕与崇敬，双眼闪现出钦敬的光芒。

鲁迅先生伟大的人格，对民族强烈的责任心，疾恶如仇、爱憎分明的战斗精神，对文学事业至死不渝的耕耘努力，是父亲一生的楷模。父亲晚年依然忧国忧民，关心国家精神文明建设，捍卫民族文化与自尊。他认为"文化大革命"首先破坏的是文化，文化的含义很广，它包括中国的历史和传统，道德和伦理，法律规范和标准，"文化大革命"破坏污染了人的灵魂，流毒深远，一时难以复原。"文革"以后，国民的文化素质，呈急剧下滑状态。为了捍卫民族语言的纯洁性，回击随意践踏中华民族语言的一股邪流；为了抵制那些说起来很时髦，听起来以为很潇洒，实际上对青少年成长极为不利，甚至诱导犯罪的口号；为了揭露某些作品媚俗、色情、暴力等精神污染给社会带来的种种危害；为了用美好高尚的文学作品为青年一代提供优秀的精神食粮，托起祖国明天的希望，这位年高体弱的抗战老战士，仿佛又听到祖国民族的召唤，以凌厉的战斗姿态，披坚执锐，跃马扬鞭，驰骋疆场，一往无前。

书生模样，战士情怀，君子本色。晚年父亲抨击文坛不正之风，无私无畏，哪怕孤军作战，腹背受敌决不退缩，决不投降！正如诗坛泰斗臧克家先生称赞孙犁那样：批判文坛不正之风，少有顾忌，直抒胸臆，"具有卓然而立的精神"。

无论小说、散文、诗歌、剧本，孙犁先生的作品都能给人以美的享受，如同没有被污染过的纯正的粮食一样，别样甘甜、香醇。

父亲的散文，是他一生默默耕耘的悠长的犁歌。从小小少年在育德中学刊物上发表习作开始，到耄耋之年仍挥毫不辍，一时一事一景一情，无不记下自己的足迹、时代的弦歌。耕堂散文清雅质朴，意境深邃，个性突出，文字练达，富含哲理，真情毕现，是他人生历程鲜活的记录。

"感情的真挚与文字朴实无华是写好散文的要素。"这是父亲在《论散文》中强调指出的。他自己也遵循了这一要旨，正因如此，他的许多名篇名段至今仍被他的读者津津乐道、默默涵泳，具有春草夏荷般的生命力。

不论是他的"病期琐谈"还是"芸斋梦余"，不论是"往事漫忆"抑或"乡里旧闻"，他纯熟的白描手法、寓意深远的抒情、含蓄多弦外之音的表达、简洁朴实的语言素为研究者所称道。

读父亲的散文，尤其是晚年之作，常常让我流下感动的泪水，就是因为感动于《亡人逸事》，父亲不弃糟糠、对妻子至深情感，2003年5月我写出了《摇曳秋风遗念长》一文。其实有些篇章，父亲新写出来后自己也一遍遍诵读、背读，自己也不禁流出对文学神圣力量感动的泪水。历经战乱流离、天灾人祸，荣辱沉浮、病痛折磨，写作是对他的慰藉、同情和补偿，无可替代。他常常在寂寞、痛苦、空虚的时刻进行创作，他常常在节假日别人欢喜游乐时进行创作，他常常在深夜月光下、在别人休息酣睡时进行创作，全身心投入使他忘记了病痛。

"子夜荧荧，灯昏欲蕊；萧斋瑟瑟，案冷凝冰。集腋为裘，妄续《幽冥》之录；浮白载笔，仅成孤愤之书。"父亲晚年以古人顽强创作心志，远离红尘闹市在孤独寂寞中著书，在他书房的书柜上有台灯，在他睡觉的床头有台灯，月光不知为他伏案窗前投下多少光亮。

坎坷际遇，沧桑容颜；苦辣酸甜，乡情浓酽；战友情深，依依难忘；怀思清幽，情凝笔端。"创作贵有襟怀，有之虽绳床瓦灶，也无妨文思泉涌；无之，虽金殿皇宫，也无济于事的。"父亲在《远道集》"宾馆文学"文中这样慨叹。他的《荷花淀》写于延安窑洞，马兰草纸、自制墨水、油灯摇曳、木板搭床、砂锅瓦罐、伙房打饭，他自得其乐。在他晚年，箪食瓢饮、老屋陋巷亦铸华章。

时间是最严厉也是最公正的评判者。

父亲一生没有大红大紫，许多作品还经常受到指责和批判。《铁木前传》更让他背负骂名，九死一生，家破人亡。"十年荒于疾病，十年废于遭逢。"只要能拿起手中笔，他就会写作，倾吐心声。历经岁月的洗礼，大浪淘沙，如今他的作品被更多的研究者所称道，为更多的读者所欣赏，曾被他自己定位"我的作品寿命是五十年"的期限已经大大超过，安息于天国的他应感欣慰。

白洋游子　故园情深

由于父亲写过《荷花淀——白洋淀纪事之一》《芦花荡——白洋淀纪事之二》《白洋淀边一次小斗争》《采蒲台的苇》《一别十年同口镇》《白洋淀之曲》（诗歌）《莲花淀》（剧本）等多种文学形式的有关白洋淀的作品，有不少读者误认为他是白洋淀人、衡水人。其实父亲的老家是河北省安平县东辽城村，距离白洋淀还有一段路程。对故乡，12岁就外出求学的父亲一往情深，故乡的乳汁、故乡的恩泽在他身上和作品里都打下了深深的烙印，

"梦里每迷还乡路,愈知晚途念桑梓。"愈到晚年他思乡愈切。父亲家乡临近滹沱河,经常旱涝不收。虽不富庶,但生养之地民风淳朴。在父亲的晚年文字中,《度春荒》《童年漫忆》《蚕桑之事》《听说书》《第一个借给我〈红楼梦〉的人》《贴春联》《父亲的记忆》《母亲的记忆》《老家》《鸡叫》……皆饱含深情。童年与小伙伴们的野地追逐,乡风民俗,老屋炊烟,亲情挚爱,哪一样不让白洋淀游子怦然心动,魂牵梦萦?安平,古称博陵郡,历史悠久,是革命老区,因"众官民安居乐业且地势平坦"而得名。这个吉祥的县名,小时候常听父母念叨。如今的安平县,发生了巨大变化,已成为闻名中外的"丝网之乡"。

如果现在走进河北省安平县父亲的故乡,无处不在的"孙犁故里"安平精神与孙犁精神融为一体,您一定会被这里强烈的爱国爱乡氛围所震撼。"孙犁纪念馆"由前文化部长、著名作家王蒙先生亲题,"纪念孙犁书画苑"由著名作家贾平凹先生亲题。沈鹏、欧阳中石、霍春阳、从维熙、徐光耀、梁晓声等国内180多位著名书画家、作家捐赠作品展出。重新修盖的"孙犁故居"四字匾额由诺贝尔文学奖得主莫言先生亲书。故居内设八块孙犁作品碑林,展示其文学业绩。在安平烈士陵园则有父亲亲手撰书的"英风永续"四个大字,他亲自撰写的《三烈士事略》英烈事迹也垂教后来,诵颂百代。文韵荷香,铁肩担道义,妙手著文章。故乡人民以他为骄傲,这位一生心系故土的作家,家乡人民永远怀念他。

父亲生前极为关心学生教育问题,关心青少年成长环境。他关心家乡子弟读书学习的事迹至今在河北省安平县广为传颂。

父亲一生不喜仕途,远离官场,晚年更是足不出户,囿于耕堂之地,不爱出头露面开会应酬。在天津,对那拿着一沓子钞票找上门来的求他题写饭店匾额的老板拒之门外,一字不供。可他

1983年为天津市少年儿童基金会捐款2000元（那时候写一本散文集稿费是600元~700元，需写一年）。后又将家乡祖产大小五间房屋，片瓦不留，全部捐给乡里办学并捐资；先后为安平中学、安平县"大子文乡中学""孙遥城小学"题写校牌，题字。一方面是对故乡难以割舍的感情，一方面是对家乡莘莘学子的爱护与期望。"祖宗的烙印我是从安平土地上产生出来和走出来的。"父亲如是说。

1953年，父亲曾回乡为安平中学学生传艺授课，讲《如何写作》之课题，当时有30名由学校精挑细选出来的学生听课。回津后，父亲又给学校寄去包括鲁迅、冰心在内的多种经典名著，还有自己的作品。他特别关心县里的文化教育事业，希望县领导千方百计地以教育的繁荣和发展来保证乡亲们尽快地富裕起来，日子一天比一天好。

如今，孙犁先生手持书本4.6米高的汉白玉立像矗立在安平中学孙犁广场，长青植物映衬着松柏后凋的品格，黄色的菊花寓意着"人淡如菊"的布衣精神；底座"孙犁"二字由中国作家协会主席铁凝亲题。

水秀地灵华北明珠白洋淀地区曾是冀中抗日根据地，虽然不是父亲的生身之地，但它是父亲重要的第二故乡。正是由于有在白洋淀边一段教书难忘的宝贵的生活经历，才能使父亲在文学生涯里形成了重要的白洋淀系列。1958年由康耀伯伯帮助病中父亲编辑的《白洋淀纪事》由中国青年出版社出版，初收54篇孙犁小说散文，此后多次再版。1981年2月，父亲在为友人姜德明同志所藏精装本《白洋淀纪事》题字时这样写道："君为细心人，此集虽系创作，从中可看到：一九四〇年到一九四八年间，我的经历，我的工作，我的身影，我的心情。实是一本自传的书。"

晚作十种　激浊扬清

"衰病犹怀天下事，老荒未废纸间声。"晚年父亲的《晚华集》《秀露集》《澹定集》《尺泽集》《远道集》《老荒集》《陋巷集》《无为集》《如云集》《曲终集》十种作品集一一问世。他不忘文学的崇高使命与作家的神圣职责，发扬并丰富了我国革命文学的现实主义传统，以深邃之思想，创新之文体，鲜明之艺术风格及炉火纯青之文字，为商品经济下的当代中国读者构筑了一座守望自我与真善美的精神家园。1995年5月30日，父亲在耕堂亲自抄录了作家曾镇南先生写给他的一本嵌十本小书名的五言诗，并送给了我。

父亲录后写道："余衰病之年，曾君镇南屡作关怀之辞，近又作五言一首嵌拙作十书于内，诗有魏晋风神，声音清越，喜而录之。"

那天上午，父亲抄录完此诗受到鼓舞，心情喜悦，连年劳苦不觉一扫，顺手将此书幅递给了我，今愈知其宝贵胜金。父乃谦谦君子，没有张扬发表造势之意，唯有默默留作纪念之心。经自己练笔多年感悟，方知父亲连续奋战十三个春秋，孜孜矻矻、不眠不休、日夜兼程、焚膏继晷之万般辛劳。

淡泊名利　德谦行逊

回眸历史，70年前，1945年5月15日（当时报纸上刊登的是"中华民国三十四年"），在延安《解放日报》当天报纸第四版右上角登出一篇五千字左右的小说，题目是《荷花淀——白洋淀纪事之一》，版式竖排。开篇那段著名的"月亮升起来，院子里凉爽得很,干净得很,白天破好的苇眉子潮润润的,正好编苇。苇眉子又滑又细,在她怀里跳跃着……"伴着诗一样的语句,一个质朴、宁静、勤劳、柔美的冀中青春妇女形象一下子跃入人们的眼帘……一个富有传奇人生色彩、将生命附丽于文学的作者瞬间迸发出耀眼的光华。那简洁明快的语言,那巧妙的构思,那充满浓郁的生活气息的对话,那新鲜的创作手法,尤其出自年轻的妻子们口中的埋怨与谑语,更是出神入化,令人称绝。这篇小说不仅是一首令人心神陶醉的抒情乐曲,而且称得上是一支振奋人心鼓舞斗志的战歌。

不同凡响的稿件犹如一块石头投入平静的湖水,激起不小的浪花,当副刊编辑方纪拿到这篇稿件时高兴得差点儿就跳了起来,报社整个编辑部都为之轰动。发表后,更是好评如潮。随着美誉传陕北,人们知道了作者的名字,这是接受上级命令奉调从冀中步行千里奔赴抗日中心的一名原华北抗日联大的教员,他现在是延安鲁艺的研究生,第六期的学员,他的名字叫"孙犁"。这位从冀中走来的年轻作者,从此蜚声文坛。"清新庾开府,俊逸鲍参军",兼有现实主义与浪漫主义美学风格的《荷花淀》迅速被重庆《新华日报》和解放区的各报相继转载,新华书店和香港书店又分别收集了他的其他作品出版了《荷花淀》小说散文集。此后以《荷花淀》命名的版本不断问世,至今印刷不衰。

凡读过此文的读者,总有这样深切的感受,爱国的情怀充溢着身心;浓密的芦苇是军民筑起的长城;挺出水面的荷箭,是射向日本侵略者的武器;小船上几个年轻妇女,正警觉着四周动静;潜伏在硕大荷叶下的八路军战士正准备开展一场针对鬼子的生死歼灭战。

至今,《荷花淀》巨幅彩色壁画陈列在中国现代文学馆大厅显著位置,彰显着这篇文学经典与作者在中国当代文学史上的地位。《荷花淀》不是从血与火、你死我活的残酷战争场面，而是从人性美人情美的另一个角度解读人民战争。它不仅以它独有的艺术魅力吸引着几代读者阅读、欣赏，更是列入了全国语文统编教材和大学文科现代文学必读书目；也曾多次列入中学语文课本，而今正向青少年阅读领域迈进。

据我所知，1945年在延安，毛主席读了刊登在《解放日报》上的短篇小说《荷花淀》之后，用铅笔在报纸边白上写下"这是一个有风格的作家"给予赞赏。

我十几岁时有幸与父亲就《荷花淀》的写作问题进行过面对面的交流，那简短的对话成为我向父亲求教写作知识最珍贵的记忆。他那从容的回答，喜悦的神情，受了赞扬有些腼腆的样子，深深地印在女儿心里。我总的感觉是他在西北风沙很大的黄土坡上写了淀水荷花，所以延安的人们喜欢看；他在"那里的作家都不怎么写"的情况下（刚整风完）标新立异，所以受稀罕；当时他写作条件不好，可是写得很顺，得心应手，一气呵成。父亲的原话是："在窑洞里，就那么写出来了，连草稿也没打。"对名著的诞生，他说得轻如风淡如水，没有标榜，没有炫耀，没有拔高，没有自得。

20世纪40年代，父亲的《丈夫》和《区村和连队的文学写作课本》获晋冀边区文联鲁迅文艺奖；20世纪80年代父亲荣获全国老编辑荣誉奖，1986年11月获全国新闻工作者协会荣誉证书；1989年4月《孙犁散文选》荣获全国优秀散文（集）、杂文（集）荣誉奖；1983年至1988年，《远道集》《谈作家的素质》《耕堂序跋》连续三次获天津市鲁迅文艺奖；1986年至1990年，《谈照相》《一个朋友》《近作之写》等三次获《羊城晚报·花地》佳作奖。1995年8月15日，中共天津市委宣传部在纪念抗战胜利和反法西斯战争胜利50周年之际，为表彰他自抗日战争以来为革命文艺工作做出的贡献，颁发给他"抗战文艺老战士"荣誉证书。这些荣誉父亲生前从没跟我提起过，是我整理他的遗物时收集的。

大约1996年、1997年前后，有一次父亲跟我说："我不同意'南有谁谁，北有谁谁'的说法。人家是人家，我是我。"据我所知，"南有某某，北有某某"在戏剧界、美术界早有这种提法，如"南有麒麟童，北有马连良""南有张大千，北有溥心畬"等等。凡能有这种提法的，都是名气非常大、艺术造诣极深的人物。"南有巴金，北有孙犁"这一盛誉谁不景仰？而父亲坚决不接受这种提法。他觉得巴金先生那么大成就，自己比不了。如同他坚决不同意说他是"荷花淀派"创始人的说法一样，对别人求之不得送上门的顶级荣誉他拒不接受。1962年，49岁的父亲便写过《自嘲》这首诗："小技雕虫似笛鸣，惭愧大锣大鼓声。影响沉没噪音里，滴澈人生缝罅中。"他敢于把自己一生中的不足、缺点都写进文章，谦谨好学、不浮不躁、实事求是伴随了他的一生。他把自己看作一滴水，只有融入江河，流向大海才不会枯竭。

桃李不言　下自成蹊

2011年11月5日，由中国报纸副刊学会与天津日报社联合主办的"2011孙犁报纸副刊编辑奖"在天津静海县颁奖。这也是天津文艺界、新闻界的一份荣光。父亲虽然离开了我们，但他甘为他人做嫁衣、甘为人梯、做铺路石的无私奉献精神将激励副刊工作者奋发向前，创造辉煌。

进城后，父亲是《天津日报》的创始人之一，在长期从事文艺副刊编辑工作中，倾注心血培育新苗，他以《天津日报·文艺周刊》为园地，与同仁共同培养了很多文学幼苗成长为参天大树，已成文坛佳话。但他从不以文坛伯乐自居,更不当状元的老师。看到年轻人从自己这个低栏跳过,他由衷地感到高兴。他以书信为载体,与多位青年作家、编辑保持联系,对他(她)们进行写作上的鼓励,被誉为"我国报刊史上一代编辑典范"。

父亲愿化作"尺泽",润泽过往善良的鸟兽,他的这种精神,就是奉献精神,园丁精神。2013年,著名作家从维熙先生在为拙作《逝不去的彩云》一书所作序中写道:"从文学的视角去寻根,我也是孙犁这棵文学巨树的一片树叶。孙犁作品不仅诱发我在青年时代拿起笔来,而且在我历经冰霜雨雪之后,是继续激励我笔耕至今的一面旗帜。不只我一个人受其影响,而踏上了文学笔耕之路,仔细盘点一下,真是可以编成一个文学方阵了——这是老一代作家中罕见的生命奇迹。"

一生爱书　不离不弃

父亲深厚的文化积淀与广博的学养来源于中外优秀典籍之馈赠。与父亲在一个城市共同生活这么多年,感受最深的是他对书的感情。

他对书一往情深,从年轻时脖颈上套着装有鲁迅先生作品的布包行军打仗、跋山涉水,与身上背的干粮、墨水瓶一样行止与俱,有空就读,到老年坐拥书城,满室书香,每本心爱之书不是有书衣便是有书套,舒舒服服待在书柜里,他为之掸尘、补缺,他为书衣写字题跋,视若"红颜知己",不离不弃,白头偕老。他与书是一生结缘、心心相印。

他嗜书如命、喜欢读书仿佛是与生俱来的。我母亲说他对书"轻拿轻放,拿拿放放""最待见书"。他自己跟我说,报社爱打扑克的人有句口头禅:孙犁搬家——净书(输)。

好的书籍对于父亲不是消遣、不是娱乐，他自己曾写过：书给他以憧憬，给他以营养，给他以力量，给他以启示，使他奋发，使他前面有希望，使他思想升华……他视好的书籍为指路明灯、精神的栖息地。

在艺术探索的道路上，父亲就像摆在他书柜上的那匹驮着绿色水囊的唐三彩骆驼一样，不畏艰难，跋涉大漠，仰天长啸，奋勇直前。父亲晚年独居静室，"素处以默，妙机其微，饮之太和"，广泛吸收着中华典籍丰美优良的传统文化精华，自由翱翔于文字时空，沉浸于清纯、悠远的创作境界。

父亲是令人钦敬有真才实学的学者型作家，德、才、学、识兼备，集小说家、散文家、理论家、批评家、诗人于一身，有多方面的艺术才能。他的文艺理论、文艺批评见解精湛，读其文论"可兼得学问、见识、文采三者之美"。一些精辟、精彩之句，常为文学爱好者背诵摘抄、引用学习，成为文学入门必读之章。他的大量有关读书的文章深入浅出、观古知今，文字清峻古朴，有浓郁的文人气质，有其独特的艺术欣赏趣味。

他的诗歌有散文之美，以记事为主，发哲人之思，是他"处世的情怀之作"。父亲从小便与诗词相伴，读诗、写诗求知萤火边。早年流浪北平，他获得的第一笔稿费五角钱也是因诗而得。他的诗中我最喜欢《自嘲》《悼念小川》及《大星陨落》《生辰自述》中的四言诗。其古体诗《悼内子》是写给我母亲的，令我今生难忘永怀于心。"雕虫蒙记忆，烹鲤问沉绵"，他的书信近年被广泛搜集，通信人众多，友人、作家、文学评论家、编辑、文学爱好者、同学、青年学生、家乡校长、县领导等等，内容极为丰富，其中有多封涉及文学创作方面的交流探讨，尤为可贵。

他的"芸斋小说"，是个人切身经历的情感体验。还有不少的杂文、随笔，以犀利的笔法，剖析国民品性，针砭假恶丑，呼唤真善美的回归。

彩云即使随风流散,也会化作春雨润物细无声;飘落的黄叶,即使归入泥土,也会化作春泥护花红……

2015年5月23日是父亲生辰之日,如果他还活着,是102岁。他属牛,笔名芸夫,他一生就像一位田间戴笠的老农执犁扶耧,不怕风吹日晒,不惧冰雹霜雨,默默耕耘,春种秋收。"文章能取信于当世,方能传世于后代。"我相信他用毕生心血汗水凝结不欺人、不自欺的心灵文字,充满"真诚善意,名识远见,良知良能,天籁之音"的道德文章,会继续散发出人品与文品完美结合之双重魅力,润泽滋养更多读者的心灵,为书香社会增添正能量,引导更多的文学爱好者走进文学曲径通幽、姹紫嫣红的艺术园林。

2015年4月28日

目 录

芸斋小说

鸡 缸……………………………………………… 3
女相士……………………………………………… 6
言 戒……………………………………………… 11
三 马……………………………………………… 14
亡人逸事…………………………………………… 18
幻 觉……………………………………………… 22
小混儿……………………………………………… 28
小 D……………………………………………… 32
王 婉……………………………………………… 36
鱼苇之事…………………………………………… 40
一个朋友…………………………………………… 43
杨 墨……………………………………………… 47
冯 前……………………………………………… 50
颐和园……………………………………………… 54

宴　会……………………………………	58
一九七六年…………………………………	62
蚕桑之事……………………………………	66
小同窗………………………………………	69
罗汉松………………………………………	73
石　榴………………………………………	77
我留下了声音………………………………	81

散 文 随 笔

伙伴的回忆…………………………………	87
悼画家马达…………………………………	94
夜　思………………………………………	99
谈赵树理……………………………………	103
谈柳宗元……………………………………	109
老　屋………………………………………	113
木棍儿………………………………………	115
告　别	
——新年试笔 …………………………	118
鸡　叫………………………………………	123
黄　叶………………………………………	125
朋友的彩笔…………………………………	128
记秀容………………………………………	131
悼曾秀苍……………………………………	133
记邹明………………………………………	135
残瓷人………………………………………	142

寄光耀……………………………………………… 144

读书记、书衣文录及文论

耕堂读书记（一）……………………………… 149
耕堂读书记（二）……………………………… 157
耕堂读书记（四）……………………………… 160
书衣文录………………………………………… 180
再谈通俗文学
　　——致贾平凹同志……………………… 184
庚午文学杂记（一）…………………………… 188
庚午文学杂记（二）…………………………… 194
读画论记………………………………………… 199
欧阳修的散文…………………………………… 212

编后记…………………………………………… 216

芸斋小说

鸡　　缸

我们住宅后面就是南市，解放初期，那里的街道两旁，有很多小摊。每到晚上没事，我好到那里逛逛，有时也买几件旧货，价钱都是很便宜的。

有一次，我买了两个磁缸，磁很厚很白，上面是五彩人物、花卉，最下面还有几只雄鸡，釉色非常鲜艳。可能是用来装茶叶或糖果的，个儿很不小，我从南市抱回家中，还累得出了一身汗。抱回来，也没有多少用途，我就在里面放小米、绿豆。

"文化大革命"期间，此物和别的一些磁器被抄走，传说我家有廿多件古董，这自然是其中之一。关于书，我心里是有底的，说有这么多古董，我却没有精神准备。这些磁器，都是小贩们当作破烂买来的，我掏一元钱买一件，他们还算是遇到了大头。现在适逢其会，居然上升为古董，我心里有些奇怪。

这当然也是有人揭发的。我们住的是个大杂院，门口有个传达室。其中值班的，有个姓钱的老头，长年穿黑布衣服，叼着铜烟袋，不好说话，对人很是谦恭。既然是传达，当然也出入我的住室，见到了我的用具和陈设。此人造反以后，态度大变，常常对着我们住的台阶，大吐其痰。不过当时这是司空见惯的现象，是时代的自然点缀，我也不以为意，我个人是同他没有恩怨的。

冬季，我到了干校，属于牛鬼蛇神。这个姓钱的，作为"革命群众"，不久也到干校去了。有一天，他指挥着我们几个人，在院里弄煤，态度非常专横霸道。忽然，有一个同伴对他说：

"钱某某，你是什么人？你原是劝业场二楼的一个古董商，专门坑害人，隐瞒身份，混入机关。你和我们一样是牛鬼蛇神，不要在那里指手划脚的了，快脱了大衣，和我们一起干活！"

当时，我真为这位棚友捏一把汗。谁知这个姓钱的，听了以后，脸色惨白，立刻一转身，灰溜溜地钻进屋子里去了，以后再也不来领导我们。他虽然并没有从此就划入我们这个阶层，同我们去住一个棚子，但这件事，颇使我们扬眉吐气于一时，很觉得开心。

后来我想，一个古董商人，解放以后，变成了传达，内心对共产党当然是仇恨的，也就无怪对进城干部是这样的态度了。他向上级谎报我家有多少古董，也就是自然可信的了。

过了几年，书籍和磁器都发还了。书籍丢失了一些，并有几部被人评为"珍贵"，劝我"捐献国家"。磁器却一件没丢，也没人劝我捐献，可见都是不入流品，也不惹人喜爱的。

我把这些瓶瓶罐罐，堆放在屋子的一个角落里。一年夏天，忽然在一个破花瓶里，发现了一只死耗子，颇使人恶心。我把耗子倒出来，把花瓶送给了帮我做饭的妇女。

这两个磁缸，我用它腌上了鸡蛋，放在厨房里。烟熏火燎，满是尘土油垢，面目皆非了。

时间过得真快，又过了几年。国家实行开放政策，与外国通商来往，旧磁器旧文物，都大涨其价，尤其是日本人敢掏大价钱。那位妇女，消息灵通，把那只花瓶送到委托店论价，竟给十五元。还说，如果不是把人头磨损了一些，可以卖到二十元。她喜出望外，更有惜售之心，又抱回家去了，并好意地来通知我说：

"大叔，你那两个缸子，不要用它腌鸡蛋了，多么可惜呀，这可能是古董。我给你刷刷，拿到委托店去卖了吧。"

我未加可否。但也觉得，值此旧磁器短缺之时，派以如此用场，也未免太委屈它们了。今日无事，把鸡蛋倒到别的罐子里，用温水把它们洗了洗，陈于几案。磁缸容光焕发，花鸟像活了一样。使我不由得有一种感慨，就像从风尘里，识拔了稀世奇材，顿然把它们安置在庙堂之上了。看了看缸底，还有朱红双行款：大清光绪年制。

还查了一本有关磁器的书，这种形制的东西，好像叫作鸡缸。

这不是古董是什么！对着它们欣赏之余，因有韵文之作，其辞曰：

绘者覃精，制者兢兢，锻炼成器，希延年用。瓦全玉碎，天道难凭。未委泥沙，已成古董。茫茫一生，与磁器同。

一九八一年十一月二十四日

女　相　士

六六年秋冬之交，我被集中到机关五楼平台上一间屋子里"学习"。那时"四人帮"白色恐怖，空袭而来，我像突然掉在深渊里，心里大惑不解，所以对一块学习的是些什么人，也很少注意。被集中来的人，逐日增加，新来的总要先在班上做一些检讨，造反头头，也要对他作例行的审问。

有一天，又在审问一个新来的人：

"你自己说，你是什么阶级？"

"我是自由职业者。"答话的听来是个女人。我是没有心情去观望人家的，只是低着头。

大概过了一段时间，"反动"阶级成分都要自动提高一级。头头又追问这个女人，她忽然说：

"我是反动文人。和孙芸夫一样！"

我不由自主地抬起头来，看看到底是谁这么慷慨地把我引为同类。这是一位五十多岁的女人，身材修整，脸面秀气，年轻时一定是很漂亮的。她戴着银丝边眼镜，她的眼睛，也在注视着我，很有些异样，使我感到：她这种看人的方法，和眼睛里流露的光亮，有一点巫气或妖气。

后来，我渐渐知道，这个女人叫杨秀玉，湖南长沙市人，是机关托儿所的会计。解放前是个有名的相士，曾以相面所得，在长沙市自盖洋楼两座。这样的职业和这样的财产，当然也就很有资格来进这个学习班了。

冬季，我们被送到干校去，先是打草帘，后是修缮一间车棚，作为宿舍。然后是为市里一个屠宰场，代养二百头牛，牛就养在我们住室前的场地里。我们每天戴着星星起来，给牲口添草料，扫除粪尿，夜晚星星出来了，再回到屋里去。中间，我曾调到铡草棚工作，等到食堂买了大批白菜，我又被派到菜窖去了。

派我在菜窖工作，显然是有人动了怜悯之心，对我的照顾。因为在这里面，可避风雪，工作量也轻省得多。我们每天一垛垛地倒放着白菜，抱出去使它通风，有时就检选烂菜叶子。一同工作的是两位女同志，其中就有杨秀玉。

说实在的，在那种日子里，我是惶惶不可终日的，一点点生的情趣也没有，只想到一个死字，但又一直下不得手。例如在铡草棚子里，我每天要用一把锋利的镰刀，割断不少根捆草的粗绳。我时常掂量着这把镰刀想：如果不是割断草绳，而是割断我的脖颈，岂不是一切烦恼痛苦，就可以迎刃而解了吗？但我终于没有能这样去做。

在菜窖里工作，也比较安全。所谓安全，就是可以避免革命群众和当地农场的工人、儿童对我们的侮辱、恫吓，或投掷砖头。因为我们每个人的"罪名""身份"，过去的级别、薪金数目，造反者已经早给公布于众了。

在菜窖里，算是找到了一个避风港，可以暂时喘喘气了。

我和杨秀玉，渐渐熟识起来。我认为此人也不坏，她的职业，说起来是骗人的，但来找的人，究系自愿。较之那些傍虎吃食，在别人的身家性命之上，谋图一点私利的人，还算高尚一些吧！有时就跟她说个话儿，另一位女同志，是过去的同事，但因为她现在是菜窖负责人，对她说话就要小心一些。因此，总是在这位同志出窖以后，我们才能畅谈。我那时已经无聊到虚无幻灭的地步，但又有时想排遣一下绝望的念头，我请这位女相士，谈谈她的生活和经历。

她说，这是她家祖传，父亲早死，她年幼未得传授，母亲给她请了一位师父，年老昏庸。不久就抗战了，她随母亲、舅舅逃到了衡阳。那时她才十三岁，母亲急于挣钱，叫她到街上去吆喝着找生意，她不愿意去。她恳求母亲，给她一元钱，在一家旅馆里，租了一间房，门口贴了一张条子。整整一个上午，没有一个顾客，她忍着饥饿，焦急地躺在旅馆的床上。到了下午，忽然进来了一个人，相了一面，给了她三元大洋。从此就出了名。

然后到贵州，到桂林，到成都，每到一处，在报上登个广告，第二天就门庭若市，一面五元。那时兵荒马乱，多数人离乡背井，都想藉占卜，问问个人平安，家人消息。她乘国难之机，大发其财。她十八岁的时候，已经积累很多金条了。

她说："在衡阳，我亏了没到街上去喝卖，那样会大减身价，起步不好，一辈子也成不了名。你们作家，不也是这样吗？"

我只好苦笑了起来。

我们的谈笑，被那位女同志听到了，竟引起她的不满。夜晚回到宿舍，她问杨秀玉：

"你和孙某，在菜窖里谈什么？"

"谈些闲话。"杨秀玉答。

"谈闲话？为什么我一进去，你们就不谈了！有什么背人的事？我看你和他，关系不正常！"

两个人吵了起来，并传了出去，使得革命群众又察觉到了一件"反动"阶级的新动向，好在那时主要是注意政治动向，因此也就没有深究，也许是不大相信，会有那种事情吧。像我们这些人，平白无故遭到这种奇异事变，不死去已经算是忍辱苟活，精神和生活的摧残，女的必然断了经，男的也一定失去了性。虽有妙龄少女，横陈于前，尚不能勃然兴起，况与半百老妇，效桑间陌上之乐、谈情说爱于阴暗潮湿之菜窖中乎。不可能也。

有一天，又剩了我们两个人。我实在烦闷极了，说：

"杨秀玉，你给我相个面好吗？"

"好。"她过去把菜窖的草帘子揭开说，"你站到这里来！"

在从外面透进来的一线阳光里，她认真地端详着我的面孔，好像从来没有见过我似的。

"你的眉和眼距离太近，这主忧伤！"她说。

"是，"我说，"我有幽忧之疾。"

"你的声音好。"杨秀玉说，"有流水之音，这主女孩子多，而且聪明。"

"对，我有一男三女。"我回答，"女孩子功课比男孩子好。"

"你眼上的白圈，实在不好。"她叹了一口气，"我和你第一次见面，就注意到了。这叫破相。长了这个，如果你当时没死，一定有亲人亡故了。"

"是这样。我母亲就在那一年去世了，我也得了一场大病。"我说，"不过这都是过去的事，无关紧要了。大相士，你相相我目前的生死存亡大关吧。我们的情况，会有好转吗？"

"四月份。"她满有信心地说，"四月份会有好消息。"

正在这时，听到了那一位女同志的脚步声，她赶紧向我示意，我们就又都站到白菜垛跟前工作去了。

真的，到了夏季，我们的境遇就逐渐好起来，虽然前途仍在未卜之数，八月份我也算是得到了"解放"，回到家里来了。

芸斋主人曰：杨氏之术，何其神也！其日常亦有所调查研究乎？于时事现状，亦有所推测判断乎？盖善于积累见闻，理论联系实际者矣！"四人帮"灭绝人性，使忠诚善良者，陷入水深火热之中，对生活前途，丧失信念；使宵小不逞之徒，天良绝灭，邪念丛生。十年动乱，较之八年抗战，人心之浮动不安，彷徨无主，为更甚矣。惜未允许其张榜坐堂，以售其技。不然所得相金，何止盖两座洋楼哉！

一九八一年十一月二十六日晚

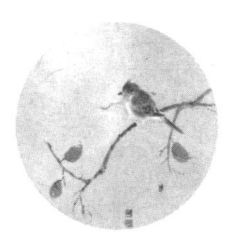

言　戒

我的为人，朋友们都说是谨小慎微，不苟言笑的。现在还有人这样评价，其实是对我不太了解之故。我说话很不慎重，常常因为语言缘故得罪于人，有一次，并从中招来大祸，几乎断送性命。如果不趁我尚能写作之时，把它写出来，以为后世之戒，并借此改变别人对我的一知半解的印象，那将是后悔莫及的了。

我在四十年代之末，进入这个码头城市。我是在山野农村长大的，对此很不习惯，不久就病了。在家养病，很少出门，也很少接触人。除去文字之过，言过本来可以很少。人之为物，你在哪一方面犯错误少，就越容易在哪一方面犯大错误。

有一天，时值严冬，我忽然想洗个澡，我穿上一件从来不大穿的皮大衣，戴了一顶皮帽，到街上去。因为有病，我不愿到营业的澡堂去洗，就走到我服务的机关大楼里去了。正是晚上，有一个中年人在传达室值班。他穿一身灰布旧棉衣，这种棉衣，原是我们进城时发的，我也有一套，但因为近年我有些稿费，薪金也多了，不能免俗，就改制了现在的服装。

他对着传达室的小窗户，悠然地抽着旱烟，打量着我。他好像认识我，我却实在不认识他。

"同志，今天有热水吗？"我问。

"没有。"他回答得很冷淡，但眼睛里却有一种带有嘲笑的热意。

我刚要转身走去，他却大声说：

"听说你们写了稿子，在报上登了有钱，出了书还有钱？"

"是的。"我说。

"改成戏有钱，改成电影还有钱？"

"是的。"我又回答。我不明白他是什么意思，我简单地以为他是爱好羡慕这一行。这样的人在当时是常遇到的。我冲口就说了一句："你也写吧。"

这四个字，使得同我对话者，突然色变，一句话也不说了。我自己也感到失言，赶快从那里走出来。在路上，我想，他会以为我是挖苦他吧，他可能不会写文章吧。但又一想，现在不是有人提倡工农兵写作吗？不是有人一个字不认识，也可以每天写多少首诗，还能写长篇小说吗？他要这样想就好了，我就不会得罪他了。

一转眼，就到了一九六六年。最初，我常看到这个人到我们院里来，宣传"革命"。不久，我被揪到机关学习，一进大门，就看到他正在张贴一幅从房顶一直拖到地下的，斗大墨笔字大标语，上面写着：

"老爷太太们，少爷少奶奶们，把你们手里的金银财宝，首饰金条，都献出来吧！"

那时我还不知道造反头头一说，但就在这天晚上，要开批斗大会。他是这个会的组织者和领导者。

先把我们关在三楼一间会议室里，这叫"候审"。我们垂头丧气地坐在那里，等候不可知的命运。我因为应付今天晚上的灾难，穿着一身破烂不堪的棉衣。

他推门进来了。我抬头一望，简直认不出来了。他头戴水獭皮帽，身穿呢面貂皮大衣，都是崭新的；他像舞台上出将一样地站在门口，一手握着门把，威风凛凛地盯了我一眼，露出了一丝微笑。我自觉现在是不能和这些新贵对视的,赶紧低下头。他仍在望着我,我想他是在打量我这一身狼狈不堪的服装吧。

"出来!"他对着我喊,"你站排头!"

我们鱼贯地走出来,在楼道里排队,我是排头,这是内定了的。别的"牛鬼蛇神",还在你推我让,表示谦虚,不争名次,结果又被大喝一声,才站好了。

然后是一个"牛鬼蛇神",配备上两个红卫兵,把胳膊挟持住,就像舞台上行刑一样,推搡着跑步进入了会场。然后是百般凌辱。

我认为这是奇耻大辱。当天夜里,触电自杀,未遂。

就在这么一位造反头头的势力范围里,我在机关劳动了半年。后来把我送到干校,我以为可以离开这个人了,结果他也跟去了,是那里的革委会主任。在干校一年多,我的灾难,可想而知,不再赘述了。

干校结束,我也就临近"解放"了。回到机关,参加了接收新党员的大会。会场就在批斗我们的那个礼堂。这个人也是这次突击入党的,他站在台上,表情好像有点忸怩。听说,他是一个农民。原在农村入过党,后来犯了什么错误,被开除了,才跟着哥哥进城来,找了个职业。现在因为造反有功,重新入党。这天,他没有穿那件崭新的皮大衣,听说那是经济主义的产物,不好再穿了。

芸斋主人曰:金人三缄之戒,余幼年即读而识之矣。况"你也写"云云,乃风马牛无影响之言,即有所怀恨,如不遇"四人帮"之煽动,可望消除于无形,不必遭此荼毒也。其不平之气,不在语言,而在生活之差异矣!故彼得志报复之时,必先华衮而斧钺也。古时,西哲有乌托邦之理想,中圣有井田之制定,惜皆不能实行,或不能久行。因不均固引起不断之纷争,而绝对平均,则必使天下大乱也。此理屡屡为历史证明,惜后世英豪,明知而仍履其覆辙也。小民倒霉矣!

一九八一年十二月二十九日晨起改讫

三　马

　　一九六六年冬天，情形越来越不好，每天我很晚"开会"回来，老伴一个人坐在灯下等我，先安排着我吃了饭，看到我那茶饭无心，非常颓丧的样子，总是想安慰安慰我，但又害怕说错了话，惹我生气。就吞吞吐吐地说：

　　"你得想开一点呀，这不也是运动吗，你经过的运动还少吗？总会过去的。你没见土改吗？当时也闹得很凶，我不是也过来了吗？"

　　我一向称赞她是个乐天派。闹日本的时候，一天敌人进了村，全村的人都逃出去了。她正在坐月子，走动不了。一个日本兵进了她的屋，她横下一条心，死死盯着他。可是日本兵转身又走了。事后她笑着对我说："日本人很讲卫生吧，他大概是闻不了我那屋里的气味吧！"我家是富农，她经历了老区的土改，当时拆房、牵牛，她走出走进都不在乎，还对正在拆房的人说："你慢点扔砖呀，等我过去，可别砸着我。"到搬她的嫁妆时才哭了。我说：

　　"那时，虽然做得也有些过分，但确是一场革命。我在外面工作，虽然也受一点影响，究竟还是革命干部呀。"

　　"现在，你就不是革命干部了吗？"她问。

　　"我看很玄了，我不知道他们要干什么。这回好像是要算总账，目标就是老干部和有文化的人。他们把我们看成是最危险的敌人了。走到哪里,都有人在跟踪我,监视我。你们在家里说话,也要小心,我怕有人也在监视你们。地下室可能有人在偷听。"

"你不要疑神疑鬼吧,哪能有那种事呢?"老伴完全不相信,而且有些怪我多疑了。

"你快去睡觉吧,"我有些不愿再和她谈了,"你看着吧,他们要把老干部全部逼疯、逼死!这个地方的人,不是咱老家的农民,这地方是个码头,什么样的人都有的,什么事也干得出来。"

老伴半懂不懂地叹了口气,到里间睡觉去了。

随着不断地抄家,随着周围的人,对她的歧视,随着她出门买粮、买菜受到的打击,随着我的处境越来越坏,随着不断听说有人自杀,她也觉得有些不对头了。她是一个病人,患糖尿病已经近十年,遇上这种事,我知道,她也活不长了。

那些所谓"造反"者,还在不断逼迫,一步紧似一步。一天下午,我正在大楼扫地,来了一个人,通知我几天以内搬家。我回到家来,才知道是勒令马上搬家。家里已经乱作一团,晚饭也没吃。除一名造反者监临外,还派来几名"牛鬼蛇神""帮忙"。本来就够逼命的了,老伴又出了一件岔子,她因为怕又来抄家,把一些日用的钱,藏在了破烂堆里,小女儿不知道,把这堆破烂倒出去了,好容易才找回来。胡乱搬了一些家具、衣物,装满一卡车,到了新住处,已经有十一点了。

那是一小间南房,我们进去,有人正在把和西邻的隔山墙,打开一个大洞。并且,还没有等我们把东西安置一下,就把屋顶上的惟一的小灯泡摘走了,我们来时慌慌张张,并没有带灯泡来。

老伴这才伤心了,她在我耳边问:

"人家为什么要在墙上凿个洞呢?"

"那是要监视我,不然,你还不相信呢。"我说。

把原来三间房子的东西,堆在一小间里,当然放不开。院里也就堆放了一些，任人偷窃践踏。

这里住户虽说不少，没人愿意理我们，也不敢理。惟独东邻一个十六七岁的男孩，主动地对老伴说：

"大娘，你刚刚搬来，缺什么短什么，就和我说吧！"

使得老伴感激落泪。

后来，我知道，这个孩子的父亲，原来也是我们机关的职工，因为在日本人办的报馆做过事，被定为日本人的特务。这次运动又提起来了，已经不许回家。他有三个儿子，大的叫大马，二的叫二马，都因为父亲的问题，到了年龄，找不到对象，进了精神病院。这个老三，叫作三马，看起来，聪明伶俐，一个人在家里过日子，屋里院里弄得井井有条。我的老伴有病，我又每天早出晚归，他确实帮过不少忙。

在很长一个时期，我甚至认为他是惟一对我家没有敌意并怀有同情之心的人了。

后来，我也被管制在大院后楼，不许回家，和他父亲住在一处。这个人因为是老问题，造反者的里面，又有不少人，是他过去的同事，对他并不注意，而且很宽容，并派他监视我们。他的床铺放在临门的地方，每逢我出去，他总是慢慢跟在后面，从容不迫，意在笔先，驾轻就熟，若无其事。比起那些初学乍练的来，显得高明老练得多了。他也从不用言词和行动伤害于我，只是于无形无声中，表示是受人之命，不得不如此而已。因此，我对他也没有反感。

当我临近"解放"，我的老伴就在附近医院去世了。我请了两位老朋友，帮着草草办了丧事，没有掉一滴眼泪。虽然她跟着我，过了整整四十年，可以说是恩爱夫妻，并一同经历了千辛万苦。

不久，我搬回了原来住的地方，告别了那间小屋。有一天，忽然听人说，三马因为两个哥哥回来了，不愿和两个疯人住在一起，自己偷偷住进了我留下的那一小间空房。被管房的知道了，带一群人硬逼他出来，他恳求了半天，还是不行，又挨了打，就从口袋里掏出一瓶敌敌畏,当场喝下去死掉了。听到这个消息,我的干枯已久的眼眶,突然充满了泪水。

芸斋主人曰:鲁迅先生有言,真正的勇士,能面对惨淡的人生,正视淋漓的鲜血。余可谓过来人矣,然绝非勇士,乃懦夫之苟且偷生耳。然终于得见国家拨乱反正,"四人帮"之受审于万民。痛定思痛,乃悼亡者。终以彼等死于暗无天日,未得共享政治清明之福为恨事,此所以于昏眊之年,仍有芸斋小说之作也。

一九八二年一月二日晨起改讫

亡 人 逸 事

一

　　旧式婚姻，过去叫作"天作之合"，是非常偶然的。据亡妻言，她十九岁那年，夏季一个下雨天，她父亲在临街的梢门洞里闲坐，从东面来了两个妇女，是说媒为业的，被雨淋湿了衣服。她父亲认识其中的一个，就让她们到梢门下避避雨再走，随便问道：

　　"给谁家说亲去来？"

　　"东头崔家。"

　　"给哪村说的？"

　　"东辽城。崔家的姑娘不大般配，恐怕成不了。"

　　"男方是怎么个人家？"

　　媒人简单介绍了一下，就笑着问：

　　"你家二姑娘怎样？不愿意寻吧？"

　　"怎么不愿意。你们就去给说说吧，我也打听打听。"她父亲回答得很爽快。

　　就这样，经过媒人来回跑了几趟，亲事竟然说成了。结婚以后，她跟我学认字，我们的洞房喜联横批，就是"天作之合"四个字。

她点头笑着说：

"真不假，什么事都是天定的。假如不是下雨，我就到不了你家里来！"

二

虽然是封建婚姻，第一次见面却是在结婚之前。订婚后，她们村里唱大戏，我正好放假在家里。她们村有我的一个远房姑姑，特意来叫我去看戏，说是可以相相媳妇。开戏的那天，我去了，姑姑在戏台下等我。她拉着我的手，走到一条长板凳跟前。板凳上，并排站着三个大姑娘，都穿得花枝招展，留着大辫子。姑姑叫着我的名字，说：

"你就在这里看吧，散了戏，我来叫你家去吃饭。"

姑姑的话还没有说完，我看见站在板凳中间的那个姑娘，用力盯了我一眼，从板凳上跳下来，走到照棚外面，钻进了一辆轿车。那时姑娘们出来看戏，虽在本村，也是套车送到台下，然后再搬着带来的板凳，到照棚下面看戏的。

结婚以后，姑姑总是拿这件事和她开玩笑，她也总是说姑姑会出坏道儿。

她礼教观念很重。结婚已经好多年，有一次我路过她家，想叫她跟我一同回家去。她严肃地说：

"你明天叫车来接我吧，我不能这样跟着你走。"我只好一个人走了。

三

她在娘家，因为是小闺女，娇惯一些，从小只会做些针线活；没有下场下地劳动过。到了我们家，我母亲好下地劳动，尤其好打早起，麦秋两季，听见鸡叫，就叫起她来做饭。又没个钟表，有时饭做熟了，天还不亮。她颇以为苦。回到娘家，曾向她父亲哭诉。她父亲问：

"婆婆叫你早起，她也起来吗？"

"她比我起得更早。还说心疼我，让我多睡了会儿哩！"

"那你还哭什么呢？"

我母亲知道她没有力气，常对她说：

"人的力气是使出来的，要伸懒筋。"

有一天，母亲带她到场院去摘北瓜，摘了满满一大筐。母亲问她：

"试试，看你背得动吗？"

她弯下腰，挎好筐系猛一立，因为北瓜太重，把她弄了个后仰，沾了满身土，北瓜也滚了满地。她站起来哭了。母亲倒笑了，自己把北瓜一个个捡起来，背到家里去了。

我们那村庄，自古以来兴织布，她不会。后来孩子多了，穿衣困难，她就下决心学。从纺线到织布，都学会了。我从外面回来，看到她两个大拇指，都因为推机杼，顶得变了形，又粗、又短，指甲也短了。

后来，因为闹日本，家境越来越不好，我又不在家，她带着孩子们下场下地。到了集日，自己去卖线卖布。有时和大女儿轮换着背上二斗高粱，走三里路，到集上去粜卖。从来没有对我叫过苦。

几个孩子，也都是她在战争的年月里，一手拉扯成人长大的。农村少医药，我们十二岁的长子，竟以盲肠炎不治死亡。每逢孩子发烧，她总是整夜抱着，来回在炕下走。在她生前，我曾对孩子们说：

"我对你们，没负什么责任。母亲把你们弄大，可不容易，你们应该记着。"

四

一位老朋友、老邻居，近几年来，屡次建议我写写"大嫂"。

因为他觉得她待我太好,帮助太大了。老朋友说:

"她在生活上,对你的照顾,自不待言。在文字工作上的帮助,我看也不小。可以看出,你曾多次借用她的形象,写进你的小说。至于语言,你自己承认,她是你的第二源泉。当然,她瞑目之时,冰连地结,人事皆非,言念必不及此,别人也不会作此要求。但目前情况不同,文章一事,除重大题材外,也允许记些私事。你年事已高,如果仓促有所不讳,你不觉得是个遗憾吗?"

我唯唯,但一直拖延着没有写。这是因为,虽然我们结婚很早,但正像古人常说的:相聚之日少,分离之日多;欢乐之时少,相对愁叹之时多耳。我们的青春,在战争年代中抛掷了。以后,家庭及我,又多遭变故,直至最后她的死亡。我衰年多病,实在不愿再去回顾这些。但目前也出现一些异象:过去,青春两地,一别数年,求一梦而不可得。今老年孤处,四壁生寒,却几乎每晚梦见她,想摆脱也做不到。按照迷信的说法,这可能是地下相会之期,已经不远了。因此,选择一些不太使人感伤的片断,记述如上。已散见于其他文字中者,不再重复。就是这样的文字,我也写不下去了。

我们结婚四十年,我有许多事情,对不起她,可以说她没有一件事情是对不起我的。在夫妻的情分上,我做得很差。正因为如此,她对我们之间的恩爱,记忆很深。我在北平当小职员时,曾经买过两丈花布,直接寄至她家。临终之前,她还向我提起这一件小事,问道:

"你那时为什么把布寄到我娘家去啊?"

我说:

"为的是叫你做衣服方便呀!"

她闭上眼睛,久病的脸上,展现了一丝幸福的笑容。

一九八二年二月十二日晚

幻　　觉

如果有的读者记忆好，当记得我在芸斋小说之五，写到了我的老伴的悲惨的逝世。

她死了不到一年，也就是公元一千九百七十二年，我的处境有了些好的转化。在原来的戍所，给我增添了一间住房，光线也好了一些，并且发还了书籍器物，夜晚，我也可以安然地看看书，睡睡觉了。

人乍从一种非常的逆境险途走过来，他会有一种莫名其妙的兴奋状态，或者说是一种毫没来由的劲头。我忽然觉得人生充满了希望，世界大放光明。于是我吟诗作赋，日成数首，吟哦不已，就是说新病并未痊愈，旧病又复发了。

恢复了原来工资，饭食也好了，吃得也多了。身上的肉，渐渐也复原状了。于是又有了生人的欲望，感到单身一人的苦闷。夜晚失眠，胡思乱想，迷迷糊糊，忽然有一位女同志推门进来，对我深情含笑地说：

"你感到孤独吗？"

"是的。"我回答。

"你应该到群众中去呀！"

"我刚从群众中回来，这些年，我一直在群众中间，不能也不敢稍离。"

"他们可能不了解你,不知道你的价值。我是知道你的价值的。"

"我价值几何?"我有些开玩笑地问。

"你有多少稿费?"

"还有七八千元。"我说。

"不对,你应该有三万。"

她说出的这个数字,是如此准确无误,使我大吃一惊,认为她是一个仙人,有未卜先知之术。我说:

"正如你所说,我原来有三万元稿费,但在'文化大革命'中,革命群众说我是资本家,说五个工人才能养活我一个作家,我为了保全身命,把其中的大部分,上交了国库。其实也没有得到群众的谅解,反而证实了我的罪名。这些事已经过去,可是使我疑惑不解的是,阁下为什么知道得这般清楚,你在银行工作吗?"

她笑了一笑说:

"这很简单,根据国家稿费标准,再根据你的作品的字数和印数,是很好推算出来的。上交国库,这也是无可非议的,不过,你选择的时机不好,不然是可以得到表扬的。现有多少无关,我想和你在一起生活。"

我望之若仙人,敬之如神人,受宠若惊,浑身战栗,不知所措。

"不要激动,我知道你的性格。"她抚摩着我的头顶说。

"不过,我风尘下士,只有这么一间小房子,又堆着这些书籍杂物,你能在这里容身吗?不太屈尊吗?"我抱歉地说。

"没关系,不久你可以搬回你原来住的大房子。"

这样,我们就生活在一起了。这位女同志,不只相貌出众,花钱也出众,我一个月的工资,到她手中,几天就花完了。我有些担忧了,言语之间,也就不太协调了。一天,她忽然问我:

"你能毁家纾难吗?"

我说：

"不能。"

"你能杀富济贫吗？"

"不能。那只有在农民起义当中才可以做，平日是犯法的。"

"你曾经舍身救人吗？"

"没有。不过，在别人遇到困难时，我也没有害过人。"

她叹了一口气，说：

"你使我失望。"

我内疚得很，感到：我目前所遇到的，不仅是个仙人，而且是个侠女！小子何才何德，竟一举而兼得之！

后来冷静一想，这些事她也不一定做得到吧？如果她曾经舍身救过人，她早已经是个烈士，被追认为党员了。但我只能心非之，不敢明言，以触其怒。因为我发现，美人在欢笑时，其形象固然动人，能勾魂摄魄，但一变脸，也能使人魂飞魄散，怪可怕的。

但我毕竟在她的豪言壮语下屈服了。我有很多小说，她有很多朋友，她的朋友们都喜欢看小说，于是我屋里的小说，都不见了。我有很多字帖，她的朋友好书法，于是，我的字帖又不见了。一天，她竟指着我的四木箱三希堂帖说：

"老楚好写字，把这个送给他！"

"咳呀！"我有些为难地说，"听说这东西，现在很值钱呢，日本人用一台彩色电视机，还换不去呢！真可以说是价值连城呢！"

"你呢呢吗？吝啬！"她大声斥责。

渐渐，我的屋子里，东西越来越少了，钱包也越来越空了。心想，我可能是有些小气，随着年龄的增长，对生活的态度，越来越烦琐起来，特别注意一些鸡毛蒜皮的小事。举例说罢，一件衣服，穿得掉色了，也不愿换件新的。一双鞋子，穿了将近五年，还左右缝补。吃饭时，掉一个米粒，要捡起来放在嘴里，才觉心安。朋友来的书信，有多余的白纸，要裁下来留用。墨水瓶剩一点点墨水，还侧过来侧过去地用笔抽吸。此非大丈夫之所为，几近于穷措大之行动。又回想，所读近代史资料，一个北洋小军阀的军需官，当着客人的面，接连不断把只吸几口的三炮台香烟，掷于地下。而我在吸低劣纸烟时，尚留恋不到三分长的烟头，为陈大悲的小说所耻笑。如此等等，恭聆仙人的玉责，不亦宜乎！

但又一转念：军需官之大方，并非他从老家带来，乃是克扣战士的军饷。仙人刚到此地时，夜晚同我散步，掉了五分硬币，也在马路上寻觅半天，并未见大方之态。今之慷慨，乃慷敝人之慨也。一想到这里，我心中又有些牢骚了，但仍慑于仙威，隐忍于怀。

真不愧是仙人，能察秋毫之末，我心怀不满，竟被她觉察到了。

"受罪的脑袋！"她白了我一眼说，"经历了一场浩劫，还执迷不悟。你知道为什么在运动期间，造反派对你那么不客气吗？就是因为你吝啬！如果你事先能疏财仗义，广交天下英雄豪杰，你的处境会好得多。及至大难临头，你却把钱上交国库，上交国库谁领你的情？为什么不分赠周围的革命群众，特别是造反的头头？"

"那怎么行？那就是收买无产阶级，罪过要加一等的呀！"我急忙分辩说。

"我做给你看看。"她拉开门出去了。

原来，我在这个住所，经常受到欺侮，侵占，扰乱，破坏。"解放"以后，情况虽有些好转，还是时常遇到不愉快。同院的人，没人愿意跟我说话，白眼相加，就是小孩子们，也处处寻隙发坏。前天，有朋友送了我一棵小香椿树，我栽在窗台下，一夜就给拔走了。发还了收音机，我开开试听了一下，从墙外飞来一块砖头，几乎把窗玻璃砸碎。我有一只大鱼缸，因为屋里没地方，放在自己搭盖的小厨房里，被撬开门偷走了。报告了机关军管组，也不顶事，还被批评继续养花种草，花鸟虫鱼等等。

不多会儿,她从街上回来了,抱着两个大纸包,一进大院门,她就招呼那些孩子们,一人一个苹果,一大把糖。有的孩子不要,她笑着给他们装在口袋里。

"谢谢钱阿姨!"一个孩子喊,其他的孩子跟着喊。

"你明天再去弄一棵香椿树,"她得意地对我说,"看还有人给你拔走不?你身为作家,不通达人情世态,可怪也。你总说对人没有恩怨。没有恩,便是有怨。而怨可以用恩冲洗之。唐朝有诗人,名唤韦庄,就是写《秦妇吟》的那一位,做了官还折薪而焚,数米而食,这样吝啬,我看和你差不多,或者说,你有过之无不及。清朝有文人,名叫汪中,有一部集子《述学》,他为人孤傲,而患神经衰弱,最怕鸡声,与邻里关系不好,邻人大养其雄者,昼夜齐鸣,以犯其病。我看你和他也差不多。汪中没有赶上'文化大革命',不然下场可知!"

我对她的引经据典,振聋发聩,真是佩服得五体投地了。心想,自己买了这么多书,临事不能活学活用,成为书呆子一盆面酱,面对眼前的才女佳人,实在无地自容,心里的一些不满,也很快消失了。

"你吃亏就吃在过去没有一个贤内助,"她惋惜地说,"死去的大姐,农村妇女,又是文盲,也是视钱如命的人。"

她的责难死者,又引起我的不满。心想,一棵香椿树苗,所值几何?你的一大包水果,就可以买回几十棵。这种想法,当然又不妥当,只好低下头来,唯唯称是。

正当我得到"贤内助"之时,政治形势也有好转,邓小平同志主持中央工作,对老干部的政策落实也加快了。不久,我们搬回了原来住的大房子。我又不得不再一次佩服仙人的未卜先知。她手脚大方,交游很广,从此,我们家里,人来人往,五行八作,三教九流,热闹非常。

过了一年多,我正庆幸家庭的中兴有望,政治形势又大变,周总理逝世,邓小平同志被免除职务,对老干部的迫害又加紧了。政工组的人来得勤了，客人稀少了，同院的人态度又变了。仙人的神态，也有些异样，她到学习班去了。每次回来，不是说阶级关系发生了新变化，就是说，党内有一个资产阶级。最后一次回家，她说：

"消息不好，你准备一下吧，恐怕还要抄老干部的家！这是政治，我无能为力，爱莫能助，你善自为之吧！"

确实，这些日子，户口警到我家察看的次数也多了。

从此，她竟杳如黄鹤。我也从梦中醒来了。

芸斋主人曰：古之英雄而具神仙之质者，莫若留侯。及其晚年，犹学辟谷，道引轻身之术，以示无能为力。今仙人一女身耳，值不测之机，而求自全之路，余不得责怪之也。

一九八二年十一月二十六日灯下

小 混 儿

一九七〇年四月间，我回到了久别的故乡，住在一个叔伯侄子家中。侄子住的房屋，是我结婚后住过多年的老屋，只是在洪水冲塌后翻盖过一次。庭院邻居依然，我的父母早已长眠丘垄，老伴前几年也丧身异域，老家没有什么亲人了。

每天早起，天还不亮，我就轻轻开门出来，到田野里去。我们这一带，原来地场土壤还算好的，自从滹沱河上游修筑了水库，洪水是没有了，但每年春季，好刮黄风，一刮起来，天昏地暗，白天伸手不见掌，窗门紧闭，那漫天黄沙还是会拥到屋里来。窗台上、炕上、地上的土，每隔几个小时，就要用簸箕往外撮，不然就会把人埋起来。地场变坏了，都变成了白沙土，庄稼不好种了，于是生产队请人规划了一下，全部改种林木。大道两旁，一律栽的钻天杨，地亩之内，有的种果树，而大部分种植柳子，这样还可以经营副业，比如编织。

每天早起，我总是在钻天杨的大道上，围着村庄转，脚下的沙土很深，走起来是很吃力的。但风景是很好的，杨树种得很整齐，现在都已经有碗口粗，很快就成材了。在路上，有时遇到起早拾粪的、推车砍草的、赶集路过的，但因为我离家日久，年纪又大了，很少遇到熟人。即使是本村的人，也因为年岁相差太多，碰见了没有多少话说，自己也真的感到有些寂寞了。

后来，我出来散步的时候，就背上一个柴筐，顺路捡些干树枝。这里用柴筐是很方便的，每家总有几个各式各样的筐，用项不同，形制各异，并且有大人用的，有小孩用的。我的侄子会编筐，见我背的是我叔父用过的旧筐，第二天到地里出工，他就利用工余之时，钻进柳子地，坐在地下，就地取材，用小镰削割着身边的柳条，很快就给我编成了一只非常精巧的筐。天黑以后，又偷偷砍了一根柳木杆作筐系。我说："你这样做，大队不说你是偷吗？"侄子笑笑说："谁家的筐，也是这么编成的。守着水井，还去买水喝？外村的人还这样干呢。"

"没人看护着吗？"我问。

"也有个护林小组。都是老头，懒汉，看护不好。"侄子说。

真的，我回家已经有几天了，也在地里转了好多回，还没有遇见过护林小组。

这天夜里下了一场雨。天明我去散步的时候，沙土路很平很实，倒很好走了。空气潮润，特别新鲜。当我走到村北很远的一条横道上，迎面来了一个老人，光头，一件破旧黑粗布短袄，敞着好几个扣子。走近了，我认出是小混儿。

小混儿和我年岁相当，青年时也在一起玩过，可以说是一个熟人。他不是本村人，他从小跟他母亲住在姥爷家，姥爷去世以后，留给他一间茅草屋，他就在我们村落了户。究竟是哪村和姓什么，直到现在我也闹不清楚。他一直也没有一个大名儿。"啊，小混儿！"我和他打着招呼。

"芸姥爷！"他按辈分称呼着，"怎么背起柴火筐来了？"

"闲着也是闲着呀，"我说，"这样可以多活动活动筋骨。"

"你从小念书，干这个是外行。"小混儿说，"我给你背吧。"

"不用。你在忙什么呀？"

"看着这些树！"他指了指身旁的杨树，"每天也就是转两趟，挣点工分，干不了别的。"

"找了个老伴吗？"

"没有。咱不要那个。一个人过惯了，这样多自由，我自己吃饱了，就算一家子不饿了。"

"盖了新房吗？"

"也没有。还是住的那间小屋。没有儿子，给谁盖房呀！"

我记得他那间小屋：一条土炕，一领破席。一只小铁锅，一个小行灶。一个黑釉大钵碗，一双白木筷。地下堆着乱柴，墙上挂满蛛网。被窝从来不拆不洗，也不叠起，早起怎么钻出来，晚上还怎么钻进去。奇怪，这样一间小破房，经历了半个多世纪的风雨，还没有倒塌吗？

我虽然详细地问过了他的生活，他却一句也没有问我。不知道他是浑浑噩噩，不知道问；还是心里明白，不便于问。他没有提"文化大革命"的事，甚至也没有谈土地改革、合作化、抗日战争和解放战争的事。他好像是不谈政治的人。好像这些历史事件，对他都毫无影响。我们转到南北大道上，他站在道边解开裤子，肆无忌惮地撒了一泡尿，说："回家吃饭！"

"你还赌钱不？"我忍不住想和他开开玩笑。

"过年过节的时候，免不了。"他这才真的乐了。

在快要进村的时候，他和我举手告别。

在我的印象里，小混儿从小虽然很穷很苦，但也没有落到沿街乞讨的地步。村里的人们，对他虽然并不看重，不拿他当回子事儿，不分大辈小辈，都一律当面叫他小混儿，他也没有在村里做过什么大的坏事。他打过更，看过青，做过小买卖。农忙时，他打短工，谁家打井盖房，他都去帮忙。小偷小摸，也偶尔为之。他还是生活过来了，活得也很愉快。

回到家里,我和侄子说起小混儿的事来。侄子说:"还是那样。有点钱,就吃,就喝,就赌。有时还串串老婆门子。近年老了,我们常和他开玩笑说:'小混儿,你可得节省下点钱来。至少,你死了以后,得叫守夜的人们有顿面条吃!'"

芸斋主人曰:如小混儿者,可谓真正逍遥派矣。前次回乡,距今又已十余年,闻彼尚健在。今国家照顾孤寡,彼当在五保之列,清静无为者必长寿。侄子之言,可谓多虑矣!

一九八三年三月二十四日

小　D

小D是解放这个城市时的留用人员。他年岁不大,却经历了敌伪、国民党和我们这三个时期的政权。他是一名清洁工,在澡堂和厕所工作,后来也在传达室值班。

他个子矮小,营养不良,脸色干黄,老公嘴。有人说他是天阉,可是听说他已经结婚,还有两个儿子。

这个城市,在旧社会,惯出流氓无赖,号称青皮。小D从小在南市一带长大,自然带有这种习气。解放以后,他看见许多赫赫有名的流氓头子,都被抓去枪毙了,他就有意识地掩饰这一点,工作还是很负责的。

他,其貌不扬,出身虽然算是工人阶级,在这个有三四百人的大机关里,还是一个底层的人物,不大被人重视。他为这一点,内心有很多不平。他想:既然工人阶级是领导阶级,为什么还叫我做这个工作?他并没有向领导提出这个意见。因为他也明白,工作只有分工的不同,却没有什么高下之分。近来,他是学到了一些理论的。

"文化大革命"开始后,他不过也是观望。后来看到传达室一个同事当了造反的头头,权势很大,他就有些跃跃欲试了。经那个头头的介绍,军管组派他去监督中层干部的劳动和学习,他就走马上任了。

所谓中层干部,就是这个机关的处长、科长一类,有二十来个人。小D每天在五楼顶上的一间房子里,先领导他们站在领袖像前,念几段语录,然后就分配他们去擦地板,清理厕所和浴室。

最初,他还是和这些"中层"一起劳动。给他们做个样子,叫他们学习。他做这些工作,确是熟练,使那些"中层"深为叹服。后来随着政策的越来越"左",对干部的迫害,越来越重,小D也就不再劳动,只是发号施令,甚至打人骂人了。

在接连"武斗"几个干部之后,小D的心毒手狠,已经在机关内外传开,名声大噪。一些人不再用轻佻的口吻叫他小D,而是改称他D司令。至于那些被审查的"中层",已经有亲身的体验,对他更是恭敬和惧怕了。

小D的装束,随着他的声势在改变。他不知从哪里弄来一顶鸭舌帽,手里提一个书包,像一个真正的干部模样,每天大摇大摆地走进机关大院。

在进入五楼那间房子的时候,他就更威风了。

这是一九六七年的夏天,小D摘去了鸭舌帽,上身赤膊,穿一件红色的小背心,腰里扎一条南市卖艺人系的那种宽皮带。在他身后,跟着两个"中层",也就是两个科长级干部,都是大学毕业。左边一个,给小D捧着茶杯和眼镜盒(过去谁也没见过小D戴眼镜,现在因为经常要看文件和检查材料,他又不知从哪里弄来一副眼镜)。右边一个,给小D捧着语录本和笔记本。

这是在门外的情景。在室内,则有一位白发苍苍的总务处长,是进城干部,原来是小D的最高上级,正在给小D摆座椅,擦桌面。这间房子里,既然是牛鬼蛇神的出入场所,当然不会有什么好家具,都是一些破桌子,破椅子。然而小D有一个专用的座椅,他人不能擅用。每天,当小D进来之前,这位老干部,总要亲自检查一下,嘴里还不断抱怨：

"看，你们又把D同志的椅子乱拉乱放，快拿过来，快拿过来！"

这样，小D一进屋，人们就唰的一声站立起来，而且都是心惊胆战的。

他感觉到人们在怕他，人们在巴结他，他很得意，越得意越威风。他是在报复，是对这些人，对这些过去比他地位高、比他富有，他曾经为他们服务过的人，进行报复。不只对这些人，也是对这些人的家属、子女。

他觉得自己的地位，突然升高了，可以说是一夜之间，升到了天际。他有了一种天生的优越感。他想到了上海的王洪文，一个普通的工人，一下子……帝王将相，宁有种乎！他觉得自己的权力很大，威力无边，可以制服一切人，特别是这些知识分子、大学生、高级干部。

他想尽一切办法捉弄他们，虐待他们，往死的边缘推挤他们。

从此，他除去打骂他们，也渐渐用一些从日本人、国民党那里学来的特务手段对付他们。他开始抄一些人的家，翻箱倒柜，为所欲为，派人跟梢，派人密探，制造一些冤案。以走资派治走资派，他感到得意非常。

半年以后，中层干部被送往干校，他押带前往。在那里，他自己有一间办公室，门口挂一个小木牌：群众专政室。他物色了当地农场一个随娘改嫁三次的，惯于偷盗的青年，当他的助手。每天抱着一根大木棍，跟随护卫着他。

中层干部都睡在牛棚里，从天不亮劳动到天黑。他只是监督着、斥骂着，各处走动着，巡视工作，或是坐在办公室听听密探们的汇报。这一时期，他在训话时，嘴边上总是挂着这样一句话：你们这些人，过去也当过领导，今天我来领导你们……

又过了半年，他门口的小木牌，忽然不见了。紧接着，他带着几个年轻力壮的牛鬼蛇神，拉着小车和别的工具，到几十里地以外去晒大粪。

　　过了半月，他被调离机关，到一个工厂去当工人。刚到工厂，他还作了一次"讲用报告"。

　　又过了不久，听说他吞安眠药自杀了。原因不明。有人说，他新交的朋友，另一个地方的造反派头头，常到他家去，霸占了他的老婆。可是，也没有人去追究。

　　芸斋主人曰：小人得志，不可一世。证之小D，信不诬矣。余曾询之有识之士，当时何以起用此人？彼云：以最卑劣之人物，管制中层以上之干部，乃是对走资派最大之蔑视。余又询：如此无赖，"四人帮"尚在台上，何以遽尔轻生？彼亦摇首不知云。

　　　　　　　　　　一九八四年四月二十九日下午

王　婉

　　我和王婉在延安鲁艺时就认识了，我们住相邻的窑洞。她的丈夫是一位诗人，在敌后我们一同工作过，现在都在文学界。王婉是美术系的学生，但我没有见过她画画。他们那时有一个孩子，过着延安那种清苦的生活。我孤身一人，生活没有人照料。有一年，我看见王婉的丈夫戴着一顶新缝制的八角军帽，听说是王婉做的，我就从一条长裤上剪下两块布，请她去做。她高兴地答应，并很快地做成了，亲自给我送来，还笑着说：

　　"你戴戴，看合适吗？你这布有点儿糟了，先凑合戴吧，破了我再给你缝一顶。"

　　她的口音，带有湖南味儿，后来听说她是主席的什么亲戚，也丝毫看不出对她有什么特殊的照顾，那时都是平等的。

　　进入这个城市以后，她的丈夫和我在作协工作，她在美协和文联工作。我虽然没有见过她的作品，但她待人接物是讨人喜欢的，表现得有点天真。我有一次到她家去，看见她还很能操持家务，房间收拾得井井有条，摆在几案上的一个玻璃鱼缸，里面的贝壳、石子、水藻，清洗得很干净。他们已经有两个孩子，大女儿和我的孩子在一个小学读书。

一九五三年，文艺界出了一个案件，她的丈夫被定为"分子"。最初，我还以为不过是学术思想上的问题，在开会中间，还为她的丈夫说了不少好话，什么很有才能呀，老同志呀。过了两天，我才知道问题的严重。在我们正开会时，公安局来人，把她的丈夫逮捕了，还有人给诗人抱着铺盖和热水瓶，就是说要去坐牢。我第一次见到这种阵势，可能脸色都吓白了，好在主持会的是冀中来的一个熟人，他说：

"你身体不好，先回去吧。"

我回到家里，满腹牢骚，不断对我的老婆唠叨：

"这算什么呀！一个文艺工作者，犯了什么罪呀！"

我坐立不安，走出转进。我的老婆斥责我：

"你总是好拉横车！"

后来我知道，这一案件，近似封建社会的"钦定"大案，如果主持会的不是熟人，我因在会上说了那些不合时宜的话，也会被牵连进去。

我受了很大刺激，不久，就得了神经衰弱症。

每年过春节，文联总是要慰问病号的。还在担任秘书长的王婉，带着一包苹果，到我家来，每次都是相对默然，没有多少话说。听说主席到这个城市，曾经问过王婉是不是"分子"。那时她已经离婚。

"文化大革命"开始，王婉受到冲击。她去卧过一次铁轨。后来就听不到她的消息。我的遭遇很坏，不只全家被赶了出去，还被从家里叫出来，带着铺盖和热水瓶关到一个地方。我想到了王婉的丈夫被捕下楼时说的一句话："这也是生活！"我怀疑：这是生活吗？生活还要向更深的地狱坠落。

"文化大革命"，按照它的歇斯底里个性，疯狂地转动着，我什么消息也不知道。林彪叛逃以后，情形有些变化。这时我听说，王婉是这个城市的大红人，江青不断接见她，她掌握着这个城市的大权。听到这个消息，我没有任何反应。我不想去向任何人求救，我情愿在地狱中了此一生。但不久听说，有人向王婉汇报，说我在干校，一顿能吃两个窝窝头时，王婉曾经大笑起来。又有一位经常往王婉家里跑的老熟人告诉我：王婉曾想到我的住处看我，这位熟人告诉她，我还在被群众专政，恐怕影响不好，她就把这个主意打消了。我无动于衷，我不希望在我的心里，或是在这些新贵的心里，还有什么旧日的情谊萌动。

但随着整个形势的变化，我也算是"解放"了。有一次，王婉召见我，在市委办公大楼。那是个庄严的地方，过去我也很少去。在那里，我见到了王婉的权威。一位高级军官，全市文化口的领导，在她面前，唯唯诺诺，她说一句，他就赶紧在本子上记一句。另一位文官，是宣传口的负责人，在她身边转来转去，斟茶倒水，如同厮役。

我呆呆地坐在一边。

她问了我几句话。我也问了她一句话：

"王婉同志，你今年多大岁数了？"

她可能以为我问的是一句傻话，或者是在女人面前不大礼貌的话，她没有答声。

她叫我当了京剧团的顾问。

这一消息，在那些惯于趋炎附势，无孔不入的小人中间传开，顿时使一些人，对我的看法，有了很大的改变。

"好家伙，王婉接见了他！"

"听说在延安就是朋友呢！"

"一定要当文联主席了！"

因为被折磨得厉害，我的老伴，前不久去世了。有一位在"文化大革命"中处境艰难，正在惶惶然不可终日的老同志，竟来向我献策：

"到王婉那里去试试如何？她不是还在寡居吗？"

他是想，如果我一旦能攀龙附凤，他也就可以跳出火坑，并有希望弄到一官半职。

这真是奇异的非非之想，我没有当皇亲国戚的资格，一笑置之。我知道，这位同志，足智多谋，是最善于出坏主意的。

主席逝世，"四人帮"倒台之后，王婉被说成是江青在这个城市的代理人，送到干校，还没有怎么样，她就用撕成条条的床单，自缢身亡了。

芸斋主人曰：使王婉当年卧轨而死，彼时虽可被骂为：自绝于人民。然后日可得平反，定为受迫害者。时事推移，伊竟一步登天，红极一时，冰山既倒，床下葬命。名与恶帮相连，身与邪火俱灭。十年动乱，人生命运虽无奇不有，今日思之，实亦当时倒行逆施政治之牺牲品也。

一九八四年五月九日晨

鱼苇之事

很多年不到白洋淀去，关于菱茨鱼苇之事，印象也淡了。近日，一位妇女，闲时和我谈些她家乡的事，引起我对水乡的怀念。

她家住在D村。这个小地方，曾有一京二卫三D村之称。原来是个水旱码头，很是繁华热闹。大清河在村南流过，下水直达天津。又是一个闸口，每天黄昏，帆樯林立。旱路通往保定，是过路客商打尖的地方。我记得在同口教书时，前住保定，就是在这里吃午饭，但当时的街道市面，都忘记了。

她家很贫苦，父亲好赌博，曾在赌场上，把土改分得的地，当场卖掉，家里的人都哭了。但他有妻子和五个小孩，也要照顾一家人的衣食。一年之中，他除去赌博，不是给人家去打坯，换些粮食；就是在河边治鱼，卖些零钱。

她是头大的孩子，很小就知道为生活操劳了。她先学会编席，母亲告诫她，织席这勾当，"抬头误三根，低头一大片"，整天忙得连梳头洗脸的工夫都没有。母亲见她太疲乏、太困倦，就给她讲故事。她回忆说，那些故事，古老，冗长，千篇一律。故事中，总是有一个傻子，傻子又总是很走运，常常逢凶化吉，转危为安，娶到漂亮的媳妇，发家致富。

有一年，发了一场大水，她家的房冲倒了，搬到堤坡上，临时搭了一间小屋。秋后，水渐渐落去，河里出了鱼，全村的人，买网捕捞。买一片大缯，要一百多元，她家买不起。父亲买了几丈蚊帐布，用猪血血了，缝制了一具小缯。小网有小网的好处，除去她父亲，母亲和她都可以去搬缯捕鱼了。

鱼实在很多，特别是一种名叫石鲢的小鱼，浮满了河面。这种小鱼，一寸多长，圆身子黑花条，没有刺，油很多。炖熟了，上面漂着一层黄油，别提多香了。外地的鱼贩子都来了，就地收货加工。但因为鱼太多，后来就只收大鱼，不收小鱼。

她只好自己卤了，和大弟弟挑到上高地集市上去卖。她从小逃过荒，出过工，也作过运输，就是没有卖过东西。她看好一个地段，把鱼放在地下，和弟弟站在那里，弟弟比她还腼腆，只是低着头看着自家的鱼。赶集的人从他们眼前走过，可是没有一个人照顾他们的鱼。她想吆喝几声，心里十分害臊，喊不出来。最后还是红着脸吆喝起来：

"买鱼呀，好香的鱼！"

过了一会儿，又喊：

"买鱼呀，贱卖呀！"

终于引起了人们的注意，有几个人蹲在他们的摊子前面了。

买卖开始了，她掌秤，弟弟收钱。卖出几份以后，围上来的人更多了，你挑我拣，她简直忙不过来。她忽然看见有一张五元的票子，掉在了她的筐子下面。她看好一个空子，赶紧捡起来，扔进书包。

她很兴奋，买卖做得也很顺利，不到晌午，鱼就卖完了，一共卖了十多元。赶紧收摊，带着弟弟去赶集。

她手里有十五元钱。她手里从来没有这么多的钱，但她除去衣食二字，没有想到要买什么别的东西，她首先想到的是父亲。

"谁要这件皮袄？"

有一个老太太，提着一件破旧的短皮袄，在大声吆喝。她心里一动。天渐渐凉了，父亲一早一晚还要去河上搬罾。她只见过别人家的老人穿皮袄。她从来也没想到过自己的父亲穿皮袄，现在，好像父亲也有穿一件皮袄的份儿了。

她走上前去，摸了摸皮袄。毛色很旧，有的地方，还露着皮子。但这总是一件皮袄。她问：

"多少钱？"

"不还价，你给十五元。"老太太说。

"值吗？"

"不值，你就走你的。"老太太又吆喝起来。

她走了几步，终于又回去，把钱交给老太太，换来这件皮袄。

回家的路上，虽然天气并不冷，她还是往自己身上，披了披这件皮袄，确实暖和呀。

现在，父亲早已去世，她讲起这段事情，还很得意。

她对我说，为了不再织席，她和家在这个大城市的人结了婚，现在很少再回娘家住。那里的河，早已经干了，更不会有鱼；也没有人再织席，人们有别的致富之路了。

我听到的，好像也是一个古老的故事。

一九八六年五月二十七日

一 个 朋 友

朋友姓张。我和他认识，大约在一九四〇年。他那时好像在冀中区党的组织部门负责。我看到一些群众团体的主任们，向他汇报工作，对他都很尊重，他的态度也很严肃。我那时还不是党员，他对我很客气，对别的当时所谓"文化人"，也很和气。

当时战争形势很紧张，他却同一个妇女住在一家农院。我没有和那女的说过话，但看出张和她过得很热乎。张的家乡，是深县。

不久，我就到延安去了，张也到了那里。他住的是党校一部，学员都是地方上的老党员，待遇较好。我在鲁艺，生活苦一些。他给我出个主意：每星期日，到他那里吃一顿客饭，也无非是白面馍，肉菜之类，这在当时就算够好的了。

我也考过一次党校，是六部。只记得去答了几道题，在同乡弓琢之的窑洞里睡了一夜，也不记得考取了没有，就又回鲁艺去了，一直到抗战胜利。

进城以后，张在一个区里当区长，按说，在天津市，这个官儿就够可以的了。后来又听说，抗日胜利后，他曾经分配到东北，当过哈尔滨的市委书记。因为做买卖，被撤掉了，才又到了天津。

我那时，已经安了一个简陋的家，见到老朋友，老伴给他煮了一碗挂面，卧上一个鸡蛋，他吃得很高兴。又能和群众打交道，一下子就和我一家人都熟了。

不久，他又从区长的职位掉下来，当了文史馆的秘书长，听说又是和买卖有关。

官运不好，文史馆又是个闲散机关，他有些寂寞。他有一间很大的办公室，没事我就到他那里玩玩，并观看文史馆的藏书。

有一天，张打开他的书包，拿出两本书：一本是《契诃夫小说选》，一本是我写的《风云初记》。笑着说：

"老孙，我很羡慕你们，钱来得易，名声又好听。我也要写一本小说，你看怎样？"

我说：

"很好呀。你是有生活的。"

他说：

"我生活比你们多得多，就是不会写。所以就先拿你的书当蓝本，看你是怎么写的，然后，我比猫画虎的写去。"

"什么内容呢？"我问。

"自传体。"他说着，叫我看墙上挂的一张画。"这是一位画家给我画的行乐图。"

我站起来，凑近看了看。那是一幅山水，只是在山顶的崎岖小道上，画着一个一寸多高的人，身上好像还背着一个筐篓。

张说：

"那是我贩卖文具时的写照，当然是为了掩护，我是给党做地下工作。"

随后，他又向我介绍他的简单经历：自幼贫苦，好读书写字，吃过教饭（家乡俗语，就是信奉天主教），帮过文人学士的忙，很早就参加了党，用他的原话，就是："又吃起党饭来了。"

那两本书，在他书包里装了很久，见面就拿出来叫我看。我却从来没见他写过一篇小说。

在新的环境里,他又找到了新的乐趣。他住在岳阳路一个小独院里,我去过几次。爱人是在哈尔滨结婚的,是个年轻护士。屋里有一部同文书局印的《二十四史》,用二十四个木匣装着,挡了一面墙。其他三面墙上,都是齐白石、吴昌硕、陈师曾的画。他收集的字画,除了挂的,还装满了两只大木箱。

那时画很便宜,也很多,他每天跑商场。买了画,装裱一下,再卖给公家,可以赚一倍。或是先交杨柳青画店水印,得到一些好处;再交出版社印成画册,又得一些好处,原画仍可高价出售。这些情况,是我亲眼看到的。据说,有一幅石涛的画,本是假的,他利用文史馆的名义,找了些专家,鉴定成真的,卖给了东北一家博物馆,得了一笔大款,又据他说,他已经把这笔款,捐给了家乡。

他还跑古书店,古玩店,委托行,和那些经理们都很熟。甚至进入私户,和经纪人一起,收买一些物品。我跟他到过一家绰号"青花孙"的人家,去买硬木家具。那个经纪人,据他说,曾是曹锟的秘书。

"四清"时,这些问题被提了出来。他很恐慌。紧接着,"文化大革命",他竟跳楼自杀了。不知道详细情况,现在,也没听说开过追悼会。他的问题的结论又如何?不好去问他的家属,怕引起人家的伤痛。当年的朋友们,也多年老失聪,问答不便,不好去打听了。

他给我买的硬木家具,"文化大革命"以后,无处搁放,我早已廉价处理了。此外还有一件小檀木匣,一件鸡血石印章,还在手上。印章刻的是:潥川孙氏。他说我们那一带的古文家,都这样刻。我不是古文家,我把它磨掉了。"四清"时传说,他给我们买东西,也从中渔利,我是不相信的。我比他收入多,常常是这样:他拿一些我喜欢的东西来,说是送给我。我多给他送一些钱去,他也收下,并说一句:"不值这么多。"倒是真的。

近来，使我常常想到他的，是一本叫作《吴越春秋》的书，商务万有文库本。张那时很想看这本书，我借给他了，恐怕他给弄丢了。他用完后，很快给我送回来，一点也没弄脏，他是深深知道我们这些人的脾气的。这本书就插在身边书架上，时常触动我的心。朋友们有各式各样的性格，他们的下场，什么样的都有。

有一次我去文史馆，看见他的办公室里放着半口袋花生米。他正在叫传达室的老头，到街上去招呼些小贩来，把它发卖掉。回来，我曾对正在灯下做活的老伴说：

"我看张这个人，有做买卖的瘾。"

老伴叹了一口气，说：

"做买卖还能比做官好？他放着那样大的官，不好好做，却去卖花生，真怪！"

芸斋主人曰：张之为人，温文尔雅，三教九流，无不能交。贸易生财，不分巨细。五行八作，皆称通晓。惜所处之时，其所作为，为舆论之大忌，上述细节竟使殒命。延命至今，或可成为当世奇才。罗隐云：得之者或非常之人，失之者或非常之人。信夫！

一九八六年十二月十一日下午写讫

杨　　墨

　　老友杨墨，山东人。高大如杨，状其身体；粗黑如墨，形其皮肤。非本名也。长相虽然如此，性格却是很温和，很随便的。

　　我们最初相识，是一九三九年冬季，在晋察冀边区参议会上。那时，我是记者，他是美术工作人员，参与大会堂的建筑和装饰。他那种性格，正是我喜欢的，很快就熟了。他比我小一岁，曾在北平京华美专学习过。在山坡上他那间办公和住宿的小房子里，墙上挂着一块白布，上面是一幅画图的起草稿。只是在右上角，涂抹了一些颜色，什么景物，我已忘记。这幅刚刚开始的画，一直挂在那里，直到散会，也没看见过他增添一笔。过去已经五十年，我可以断定：如果这块白布，他还保存着，一定还是老样子。

　　因为，这么多年以来，我见他画过油画，画过国画，练过书法，玩过雕塑，总是只有个开始，没有个结果，没有出过像样的成品。他玩弄这些东西，只是为了给人一种印象：这是个艺术家，美专毕业，会这些手艺。就像走江湖卖艺的人一样，只拿刀枪做幌子，光说不练。

　　什么时代，什么队伍，也重视学历和资格。不练也不要紧，学历在那里摆着，资格一年比一年老。

　　一九四三年，我们一同到延安的鲁迅艺术文学院。他在美术系做研究员,我在文学系。正在整风过后,学院的学习,并不紧张。夏天,我们一同到山沟里洗澡、洗衣服,吃西红柿。他有一把妇女们做针线用的剪刀,不知从哪里弄来的,一直放在书包里。我们头发长了,他给我理,我给他理。我很少看见他读书,或是画画。但谈起来,就滔滔不绝,他的美术方面的知识,还很是渊博的。

他告诉我,他正在追求文学系的一个绥德来的女生。延安生活,非同敌后,吃得饱,又安定,滋生这些欲念,是很自然的。但男性同女性的比例,是十八比一。许多恋人,都是长期处在一种游离状态,不易明朗。杨墨的事情,也是这样。

一九四五年八月,日本忽然宣布投降。十五日晚上,延安军民,狂欢庆祝,火把游行。我思念家人,睡下的比较早,半夜之间,杨墨来了,告诉我,他的事情,已经在延河边成功。先是挨了一个嘴巴,随即达到目的。说完又匆匆走了。

后来我才知道,爱情,有时也会像行情,战局的突然变化,使交易所的某种证券,立刻跌落了很多。人们就要奔赴各地,原有妻子的,也有望重新团圆。原处于极端矜持状态的女同志,以其特有的敏感,觉察到了这一点,于是纷纷向男友们,张开了怀抱。

我出发了,目的地是华北。杨墨因为还有一些纠葛,暂时没走。

我回到家乡,第二年,父亲病故。有一天,杨墨来到我家里,说和那个绥德女子结了婚,在路上,她又跟别人到东北去了。我没有仔细问。我想给父亲立个墓碑,请他设计一下,就把他安排在外院,和我的一个堂叔父同住。

这间小屋,每晚总是有一些人来闲谈。问到杨墨还没有家室,就有一位惯于说媒的大娘,愿意给他介绍。正好村中有一位姑娘,是妇女队长。村中两派不和,有一派说她和武委会主任不清不楚。这本是为了打倒武委会主任,却连累得这个农家姑娘,上城下界,对簿公堂。家里人觉得难堪,急着把她聘出去。杨墨又是个干部,不会有什么纠缠。杨墨给了媒人一份厚礼,三说两说就成了。杨墨又把一枚金戒指,交给了女方。这么多年,我从来不知道他有这个宝贝。很快就在我们家的西屋结了婚。

结婚以后,不知他又从哪里借来一匹马,把女人驮到河间去了,那里是区党委所在地。

办理完父亲的丧事,我就到博野一带下乡去了。听说杨墨向党委宣传部长申请了一批款,又在滹沱河北找到一个有胶泥,并有烧制陶器的旧窑的村庄,搞泥塑去了。每逢我回到区党委,就有一些文艺界的朋友,略带讽刺地说:

"老孙啊,你的老战友要成立泥人协会了。"

他并没有成功,他带着老婆,又在当地找了一个青年,给他做饭。他捏了几个泥战士、泥马,群众瞧不起他这个工作,以为是叫花子干的勾当。坐吃山空,那笔款子,不到半年,就花光了。人们对他很不满意,并涉及我,因为他常常打着我的幌子。我并不是什么要人,但在这家乡一带,还是有些人缘的。

摊子结束以后,他又回到我的村庄,并把他烧制的一匹红马,送给我的孩子,算是答谢我妻子,在他结婚时的帮忙。他笑嘻嘻地问我的女人:

"你看我做的这马怎么样?像吗?"

我的女人拿在手里,看了一会儿,也笑着说:"像是像,就是尾巴太粗了一点,比马脖子还粗!"

芸斋主人曰:近有一青年,河南淮阳人,送我当地土产泥虎、泥蛙、泥鸟各一只。形制古朴,并有响声。惜泥虎腹部,为牛皮纸做成,不如过去之以软皮做成,更为可爱耳。然虎头鲜艳生动如故,余藏之书柜,珍视如出土文物。并因此忆及老友逸事,略记如上云。

一九八七年四月七日写讫

冯　前

在朋友中，我同冯前，可以说相处的时间最长了。

一九四五年，我回到冀中，在一家报社认识了他。他说，其实我们在一九三九年就见过了。他那时在晋察冀的一个分区工作，我曾到那里采访，得到了一本油印的田间的诗集，就是他刻写的。不过那时他还只十七岁，没有和我交谈罢了。

冯前为人短小精干，爽朗、热情，文字也通畅活泼。我正奉命编辑一本杂志，他是报社编辑，就常常请他写一些时事短评之类的文章。

这家报纸进城以后，阴错阳差，我也成了它的正式工作人员。而且不愿动弹，经历了七任总编的领导。冯前进城以后，以他的聪明能干，提拔得很快，人称少壮派。他是这家报纸的第三任总编。

我原以为，我们是老相识，过去又常请他看作品，很合得来，比起前几任总编，应该更没有形迹。其实，总编一职，虽非官名，但系官职之培基，并且是候补官职的清华要地。总编升擢就是宣传部长，再升，则为文教书记。谁坐在这个位置上，也不能不沾染一些官气。

我体会到这一点以后，当众就不再叫他冯前，而是老冯，最后则照例改为冯前同志了。

但从此，我们之间的交谈，也就稀少了，虽然我们住的是邻居。我写了什么新作品，除去在报纸发表，要经他审阅，也就很少请他提意见了。

不久，就来了"文化大革命"。七月间，大家在第一工人文化宫心惊肉跳地听完传达，一出会场，我看见人们的神情、举止、言谈，都变了。第二天，集中到干部俱乐部学习。传达室告诉我：冯前同志先坐吉普车走了，把他的卧车留给我坐。当时，我还很感激，事到如今，还照顾我。若干年后，忽然怀疑：当时，他可能是有想法的。他这样做，使群众看到，在机关，第一个养尊处优的不是总编，而是我。

到了俱乐部，一下车，一位在大会工作的女同志知道我很少出来开会，就神秘地说：

"你也来了？一进来，可就出不去了。"

学习一开始，那种非常的气氛，就使我在炎热的季节，患起上吐下泻来，终于还是请假出来了。

冯前在学习班作了重点发言，批判了文教书记，也就是他的老上级，提拔他担任总编的人。学习结束后，一天夜里，他叫他的女儿到我屋里传信：那位书记自杀了。这时，我已经被指为是这位书记的死党。

在机关，我是第一个被查封"四旧"的人。我认为，这是他的主意。当时的"文革"，还是在"御用"阶段，主事的都是他的亲信。查封以后，他来到我屋里看了一下，一句话也没说。也好像是来安慰我。当天晚上，又派人收去了我从老区带来的一支手枪。

不管怎么样抛我，我总不是报社的当权派。他最后还是成为斗争的重点，被关了起来。后来，我也被关了起来，有传说，是他向军管会建议的。不过，他的用意只是：我太娇惯了，恐怕到了干校，生活不能适应，先关在这里，锻炼锻炼。如果是这样，是情有可原的。

何况，在我去干校之时，一捆大行李，还是他替我背到汽车上去的。

我重友情，每逢见到他在会场上挨打，心里总是很难过。而他不仅毫无怨言，也毫无怨容。有一次，造反派叫我们在报社大门安装领袖大像，冯前站在高高的梯子上操作，我在下面照顾过往的行人。梯子颤颤悠悠，危险极了，我不禁大声喊：

"冯前，当心啊！"

他没有答言，手里的锤子，仍在当当地响着。他也许认为我这样喊叫，是多余，是不合时宜的。

每逢批判我的时候，造反派常叫他作重点发言。当着面，他也不过说我是遗老遗少——因为我买了很多古书。架子很大，走个对面，也不和人说话。其实，我走在路上，因为车马多，总是战战兢兢，自顾不暇，就是我儿子走过来，我也会看不清的。

我听过他的多次检查，都忘记了。印象最深的是他谈到他的升官要诀：一、紧跟第一书记；二、对于第一书记的话，要能举一反三。

可惜这次"革命"，以匪夷所思的方式进行，使得一些有政治经验的官员，也捉摸不到头绪，他所依靠的第一书记，不久也自杀了。冯前承认自己失败了。随即向造反派屈服，并且紧跟。

在运动后期，我们一同进了毛泽东思想学习班，有一个造反派头头跟着。学习期间，不断开批判会，别人登台发言，不过是在结尾时喊几句口号。他发言时，却别出心裁：事先坐在最后一排，主席一唱名，他一边走，一边举手高呼口号，造成全场轰动，极其激昂的场面，使批判会达到出乎意外的高潮。

在互相帮助时，我曾私下给他提了一点意见：请他以后不要再做炮弹。他没有说话，恐怕是不以为然。这也是我最后一次给他提意见。

他也曾向我解释：

"运动期间，大家像掉在水里。你按我一下，我按你一下，是免不掉的。"

我也没有答话。我心想：我不知道，我如果掉在水里，会怎样做。在运动中，我是没有按过别人的。

运动后期，他被结合，成为革委会的一名副主任。我不常去上班，又在家里重理旧业，养些花草。他劝告过我两次，我不听。一天，他和军管负责人来到我家，看意思是要和我摊牌。但因我闭口不言，他们也不好开口，就都站起来，这时冯前忽然看见墙角那里放着一个乡下人做尿盆用的那种小泥盆，大声说：

"这里面有金鱼！"

不上班和养花养鱼，是"文化大革命"中他们给我宣传出去的两条罪状。军管人员可能认为他这样当场告密，有些过分，没有理他就走了。

芸斋主人曰：粉碎"四人帮"以后，人们对冯前的印象是：大风派。谁得势，靠谁；谁失势，整谁。也有人说：以后不搞运动了，这人有才干，还是可用的。如果不是年龄限制，还是可以飞黄腾达的。后之论者，得知人论世之旨矣！

一九八七年四月十五日写讫

颐　和　园

三十年代初，我在北平一所小学校当庶务员时，每逢清明节，教职员一同到郊外游玩，曾到过香山碧云寺、卧佛寺，却不记得到过颐和园。那时颐和园的门票是大洋一元，我每月所得只有十八元，而且不久也就失业了。

六十年代初，我却有机会在颐和园住过两次，每次总在十天以上。我所属的文艺团体，在颐和园设了一处休养所，请了一个厨师。休养所在靠近排云殿的西边山腰上，游人不常到之处，很是安静。有三四间房子，分里外院。站在里院的平台上，可以瞭望昆明湖的全景。平台下面还有一片竹子，有一股泉水，淙淙流过。这个所在，除去上下山不方便，真是一处写作和休息的好地方。

厨师是山东人，很年轻。他本来已经考上了大学，却愿意放弃学业，来这里做饭。他从老家把老婆孩子接来，住在里院一间小房里。工作也不累，每天最多也就只侍候三四个人的伙食，饭菜也很简单。而且只是夏天有客人，到冬天，就剩下他一家人自由自在，看守房子了。

别的机关，也在园里设休养所，有的房子还很多，不常有人来住。为了阻止游人，大门关闭着，写上"宿舍"二字。六十年代的颐和园，当然没有八十年代的游人多，但比起解放前，游人还是大大增加了，人品也复杂了。星期天最热闹，多数人是游排云殿，或在昆明湖里划船。也有些好寻幽探胜，到处乱跑，走到这些休养所门前，吃了闭门羹，随手在地下捡一粉块，在"宿舍"旁边，另题"狗窝"二字。奇怪的是，这种题字，管理人员也不及时擦掉，致使两种题字长期并存，相映成趣。

另外，因为这些休养所不常有人住，管理人员少，也容易成为一些为非作歹之人的逃匿薮。我住的休养所，围墙很低，大门是个栅栏。我好静，一个人住在外院，有一天午睡，忽然听见从后山，跳进两个人来，到窗前一看，一男一女，服装都没穿好，想是在山洞里苟合，被人发觉。两个人在我院里，喘息稍定，穿好衣服，迈过栅栏，从容而去。

第一次陪我住进休养所的是H，文艺批评家。团体所属一家理论刊物的副主编。他是晋察冀的干部，和我是从一个山头下来的，进城以后，这是第一次见面。H素来老成持重，为我所敬服。他知道我大病初愈，对我照顾得也很好。

进园第一天，吃过晚饭，天气还早，我们到附近散步，然后爬到一个山顶，坐在草地上闲谈，并看落日。落日的余晖，照在我们的身上，西边玉泉山一带的山石林木，也沐浴在光辉之中。我们一同在太行山麓，战斗八年之久，那时吃过晚饭，一同上山玩玩，和目前的情景，是相同的。

那时虽然衣食不继，战斗频繁，但一得到休息，例如并肩躺在山坡上，晒着太阳，那心情是十分美妙的，不可言喻的。闭上双目，充满幻想，希望在前，有幸福感。现在，我病后虚弱，他身体也不很好，工作任务很重。这次进园，一是为了陪我，二是为了给刊物写一篇指导当前思想斗争的社论，带来了一大堆材料，经典著作，准备随时参考查引。

他问了问我得病的原因和近来的情况。我只是简单地说了一下，并没有敞开肺腑，和他详细诉说，胜利以后，个人在生活和感情上，遭到的变故、挫折和苦恼。这些年，即使是在朋友至交面前，大家都不习惯谈个人的私事。

他沉默了很久，然后还是用他那沉重短促的语气说：

"你的大脑皮质太疲劳了。"

他住在里院，工作又很忙，除去吃饭之时，我们谈话的机会也不多。我很寂寞，写信给住医院时结识的一位护士，她在休息的时候，就常买些吃食来看我。H遇见过几次。每逢天晚，我送走这位女客时，他总是陪我，一同走到园门外的汽车站。他做过政治工作，知道这种事情，不好详细过问，又不能不关心。他是怕我一时冲动，在天黑路暗，四处无人时，发生什么意外。那时，说良心话，我确实没有那种精力和魄力。但我并不怪他，而且感激他。他也不过多干预这件事，知道那位女客好吃糖葫芦，他有时还从园外买回几枝来，送到我的房间。女客是常熟人，长得小巧玲珑，是医院建院时，从苏杭一带选来的女孩中的尤其俊俏者。此后，也就没有来往。

第二次和我同住的是G，诗人，团体的秘书长，我们曾在一家报纸共过事。他爽朗热情，有行政能力。那时，他爱人在附近的党校学习，每天晚饭之前，G就翻山越岭去接她。夫妻感情之好，令人羡慕。

每天清晨，G陪我去划船，我们从石舫上船，过五龙亭，绕昆明湖一周，再吃早饭。后来他有事先走了。嘱托厨师，好好照看我。我还是每天清晨起来，先去划船。我的划船技术，并不高明，是在小汤山浅湖中学会的。昆明湖的水很深，清晨没有游客，整个湖面就是我一个人。如果遇到风浪，那是很危险的，现在回想起来，还有点害怕。但那情景是可爱的，烟波荡漾，四处静寂，那只卧在水中的小铜牛，倾头凝望，每逢划到它附近时，我都从心里向它祝福。

几年以后，H以心脏病，死于湖北干校的繁重劳动。稍后，G在流亡时，于河南旅舍自焚。

芸斋主人曰：H、G谢世，余有悼文。时势不利，投寄无门。左砍右削，集内聊存。今日读之，意有未申。此文乃补作也。

一九八七年六月十日下午写讫

宴　　会

我没有口福，不好参加宴会。进城以后，本来有不少机会，可以吃到好东西，但我都推辞了，人以为怪。例如有一次，市里的宣传部长，要宴请一位戏剧家，派车到家里来接我，来的人除了部长的夫人，还有一位名声鼎沸的女演员。当我的乡下老伴去给她们开门时，那位演员的时髦的装束，美丽的面容，优雅的步伐，使她如遇神仙，倒退了两步。结果，我还是推辞有病没有去，使人家大失所望，主客都不会高兴的。

又有一次，是市委文教书记，宴请一位画家，派车并派了一位好贩卖字画的朋友来接我，因为说笑话，引起我的不快，断然拒绝了。这就更显得不通人情，并给上级留下不好的印象。

对于以上两件事，我虽然有些怕因此得罪了人，但并不觉得是多大的遗憾，只有下述的一次，至今萦系于心。

一九六五年春天，我到北京南城一家大医院去看病，遇到了一位在晋察冀通讯社工作时的老熟人。那时我叫他刘二，是伙食管理员。他每天张罗十几个人的柴米油盐，有时还帮着烧火做饭，给我们理发。

以前我们并不认识，他知道我的名字，知道我是他哥哥的同学，知道我在同口小学教过书，对我很有感情。

他家里是大地主。他哥哥在中学时就参加了党，曾担任过北平市委书记。看来，他的文化程度并不高。按照冀中一带地主家庭的习惯，常常是供给一个孩子念书，另外再培养一个孩子经营家务。我看他属于后者，大概是读过几年书，粗识文字，会打算盘，能应付世情，善于交际的那一类地主子弟。

一九三七年春天，党派了一位红军干部，到北方建立抗日根据地，就住在他家。游击队风起云涌，不久就形成了司令、主任赛牛毛的局面。同口小学的教员们，是在他家参加抗日工作的，小学教导主任姓侯，也是我中学时的同学，不久担任了游击队司令部政治部主任的职务。

一九三八年春天，军队整编，传说出了"托派"。牵连了很多干部，被送到路西审查。

一九三九年春天，我调到路西，分配在通讯社，听说侯已经不在人间。

刘二的哥哥也在通讯社，我叫他刘大。有一段时间，我们同住在城南庄村边一间房子里。炕上没有炕席。农家赤身的男女和小孩们，成年累月在上面滚爬，炕面变成了黑黑的，油光光的。每天晚上，我没有被褥，枕着一块砖头，听着野外的秋虫叫。

刘大神情有些不安。他曾经这样对我说：

"他们不会把我杀掉吧？"

不久，真的不见他了。我那时不是党员，从来没有参加过政治活动，这些问题，无论如何牵连不到我的身上。但我过路以后，心情并不很好。生活苦，衣食不继，远离亲人，这些还都在其次，也是应该忍受的。主要是人地两生，互不了解。见到两个同学的这般遭遇，又不能向别人去问究竟，心里实在纳闷。

抗日是神圣的事业，我还是努力工作着。我感情脆弱，没有受过任何锻炼。出来抗日，是锻炼的开始。不久，我写了一篇内容有些伤感的抗日小说，抒发了一下这种心情。

刘二在通讯社，工作也很卖力。按说，他管理过那宏大的家业，这点事，应该是不在话下，其实不然。每人每天的一斤四两小米，三钱油盐，来之甚为不易。他没有和我谈过侯和他哥哥的事，看来，他很乐观。侯的妻子和小女孩，还在山里，曾给我和刘二写过一封信，希望能帮她一些钱。我感到无能为力，也不记得这封信叫刘二看过没有。

我渐渐知道，他也是受案件的牵连，被审查了多日，才放出来做这个工作的。那时有问题的人，都派作这种用场，我常见村边山路上，有一个赶着毛驴给别的机关驮粮食的人，据说也是那个案子里的人。

不久，我调到边区文协工作，后来又去延安，就与刘二分别了。

医院相见，已经是二十五年以后，他眼力很好，一下就认出我，还是很热情。从他的服装、言谈，以及别人对他的态度，我看出他发了迹。医生们叫他刘书记。

没时间多谈，他说，明天是星期日，在前门外一家饭店请我。

我很少进京，这次住在东城一个办事处。办事处是一所旧式大宅院，设备很好。主任是我在深县下乡时认识的。他告诉我，按规定，什么人应该住什么房，什么人应该坐什么车，对于我，可以灵活一些。

星期日那天，吃过早饭，有一位从山东来的姑娘找我。我和她到附近景山去玩，然后又到北海。心里虽然惦记着刘二请我吃饭的事，但还是陪那位姑娘，在一处小馆吃了晚饭。回到办事处，主任告诉我，刘书记打来三次电话。我听了，才觉得很对不起人家。我想，他那次准备的宴席，一定很丰盛，很阔气吧，他退掉饭菜，不会有过多的周折吧。

第二年，"文革"开始，听说他就自杀了，详情不明。想到不能再见面，就更悔恨那次的失约了。

现在，读一些人撰写的抗战回忆录，那时所谓的"托派"，已经证明是子虚乌有，冤假错案。但刘大的历史问题，好像还没有定论。他的女儿，为此事各处奔走，请人证明。她总是礼貌地称呼我伯父。我只知道那么一点情况，告诉了她。也同她谈过一些她父亲生前的逸事：一九三八年我们在冀中抗战学院共事，他是军政院的教导主任。他有钱，深县有饭馆，同事们常要他请客。在开生活会时，又都批评他生活不艰苦……也谈到她的三叔是在一次对日军作战时，壮烈牺牲的。

芸斋主人曰：余性孤僻，疏于友道。然于青年相处之有情谊者，则终生念念不忘。至其生前之得失，又当别论矣。

　　　　　　　　　　一九八七年六月十六日下午写讫

一九七六年

老赵，我们姑且叫他老赵吧。其实，那时只有极少数的人，才这样称呼他，表示对他的好感和尊重。多数人在心里还是把他看作走资派、反革命，不理他，暗地唾骂他。老赵不明白，为什么一个人，会一下子从老革命，变成反革命；从最被尊敬的、最被羡慕的，变成最被轻视的人，甚至弄到家破人亡？为什么过去最巴结他的人，现在却反过来欺侮他，对他进迫害？

一九七六年，对老赵来说，是不平凡的十年中，最不平凡的一年了。在这一年中，除去"大革命"的势力，继续对他进行迫害，使他感到，虽然说是"解放"了，只要不知从哪里吹来一股风，他还可以随时遭到不幸，甚至更意想不到的不幸。在这一年，一位在他"解放"以后，原想他会有出头之日，便从远远的省份，赶来这里和他结合的女同志，又感到他没有出息，使自己失望，远走高飞了。在这一年的七月，又发生了地震，房倒屋塌，他孤身一人，又抢不了地盘，搭不起帐篷，没地方做饭，同院的人都在看他的笑话。

其实，这一切，例如女人离婚，从屋里走出去；老天爷地震，把屋顶塌下来这些事，对于现在的赵某人来说，都是无所谓的，平平常常的，在他的心里，没有引起多大的波动。人生，意外的事情很多，历史上还有比"文化大革命"使人感到意外的吗？较之"文化大革命"，不只走一个女人，就是七八级地震，又算什么！

这一两年来，老赵很少想到自杀了。"文化大革命"开始，他曾自杀一次，没有死掉，以后又多次企图自尽，都没有成功。现在他不想自杀了。一切对他来说，都已经习惯了。一切对他来说，都是现实，他不再追问是为什么了。因此，虽然是这样大的地震，他可以说是泰山崩于前，面不改色，从从容容，最后一个从屋里走了出来。

他自己在院里小山坡上，搭了一个像看禾场的窝棚，那么小的塑料薄膜帐篷，算是安营扎寨。这所宅院，原来很阔气，有园林之美，房舍都是木结构，一律菲律宾式。现在天灾之后，就展开了木料砖瓦争夺战。原来楼顶周围的大方木，在清晨黄昏之时，被当地的房管站，派汽车运走了。人们看到那样好而大的方木，都眼红舌咋地说：一根就能打两个大衣柜！拆下的小椽子，走廊的圆柱、方檩，是院中某些人的争夺对象。有一家的两个儿子，竟动用了消防的大板斧，去砍那尚未震倒的走廊。他们心中有一种先天的优越感，以为遇事都可以无法无天地去干，不用说这些砖木小节，就是杀了人，也会罪减一等的。

老赵呆呆地坐在小帐篷口的一堆山石上，望着院里的大动乱中的小动乱场景。他没有任何感想，也没有丝毫感慨。他是从青年时就参加革命的，他的家庭，虽说不上万贯家财，也可以说是一个小康之家，有不少房产，他都置之不顾，抛妻撇子，奔赴前线。虽说经过长期战乱，老家已经荒芜，他却一向是以四海为家的。可是眼下又变成了这般光景。

现在正是秋雨连绵的季节，白天，他看着同院的人，在那里抢砖头，偷木料，去盖小屋，做衣柜，斧凿之声不断。夜里他听着风声雨声，说梦话做噩梦，大喊大叫……

只有在梦里,他才好像清醒着,在白天,他是麻木不仁的。

不久又传来噩耗,领袖逝世了。政工组来通知他,到灵堂去行礼。他一路踩着瓦砾,到机关大院,在政工组的监视下,对着领袖的遗像行礼如仪,又被留下看电视节目,他都是麻木地、呆呆地站在那里,欲哭无泪。

回到家来,他感到很空虚,很无聊。非常无聊。他每天早晨起来,也跟着同院的人,去捡些砖头,搭一个盛煤球的池子。整砖、好砖,都叫别人拿走了,他就捡些半头砖,甚至够不上半头,还比较整齐的砖,放在自己门口。他没有雄心壮志,不能搭房盖屋,这也就可以了。

渐渐,他也去捡些木料,院里的木料是很多的。这里的住宅,正在进行排险改建,院里堆积着:木料、竹竿、篱笆、油毡、洋灰、沙子,堆者自堆,用者自用,无人管理,无人负责。白天放在院里,夜晚就入了户,成了私人的财产。能者多劳多得,不能者少得少用。老赵最初只是捡些小木块,甚至可以说是陶侃所捡的竹头木屑,都是别人家的锯余之物。他看着方正,不管有多么小,多么无用项,他都捡起来,放到自己的窗台上,准备夏天垫花盆,冬天生炉火。

渐渐,他也偷拿一些较大的木材,当然不是很大的木料,放到屋里去。这些木材也都是比较方正的,光滑的,做一只小板凳,绰绰有余的。他不想拿大木料,也不想做大家具,这不只因为他从小是一个洁身自好的人,也因为他现在的处境,那会罪上加罪。

他觉得这也是一种生活乐趣,就像童年时捕鸟钓鱼一样。他每天起得很早,在院里转悠着,在瓦砾堆里巡视,探测着,以求有所收获。一天没有收获,他就怏怏然若有所失。

他的灵魂,在逐渐地,不知不觉地沉落着。他不再去追悔,也不再去希望,他不再读书,当然更不再写作。还写什么呀!这比他自杀,更可怕些,也更可悲哀些。

这个灵魂沉落的过程,直到"四人帮"覆灭,才得停止,才得到挽救。

"四人帮"覆灭,这一消息的传来,对于造反起家的人们,仿佛又是一次地震。这些人,已经有过一次意外,那就是林彪的叛逃。在那一次消息传来时,首先是机关的军管组长,对老赵表示了从来没有的客气,使当时惶惶然的老赵,受宠若惊。这一次消息传到院里,正赶上有一个造反派头头,在院里监督排险,老赵正在台上垒鸡窝,那头头有些懊丧地对身边几个革命群众说:"死了不到一个月,就这样干,这不是给领袖脸上抹黑是什么!当然,有人也会高兴,比如,"他指着蹲在烂砖堆里的老赵说,"他听了就一定高兴。"

老赵悠然地站立起来,他觉得他那失去的灵魂,忽然从地里升起来,传到他的脚跟;又从腿上,传到他的头部。就像保生家做气功一样。他突然觉得头脑清醒,精神大振,他不慌不忙,用充满自信和勇气的口吻,对造反派头头说:"对。你说得对,我听了很高兴!"

造反派面面相觑,无可奈何。他们大概也感到自己的好日子快要过完了。

但是,对于老赵来说,他的灵魂的真正复苏,有所作为还是在三中全会以后。

芸斋主人曰:语云,温不增华,寒不改叶。此非常人所能也。使"四人帮"暴政得再延续,如老赵者,不遭横死,亦必沉沦枯萎矣。语又云,利动春露,害重冬霜。故歌颂当今施政,而诅咒十年动乱也。

一九八四年四月六日

蚕 桑 之 事

我的故乡,地处北方,桑树很少。只是在两家田地的中间,有时种一棵野桑,叫作桑坡,作为地界。这种桑树终生也长不高大,且常常中途死亡。因为那时土地是农民的生命线,寸土必争,两家都拼命往外耕,它的根生长延伸的机会,比被犁铧铲断的机会,要少得多。

如果有这种桑坡,每年春季,它也会吐出一些桑叶,当然很小,就像铜钱一样。这也是很可爱的,附近的儿童们,就会养几条小蚕,来利用、也可以说是圆满这微小得可怜的自然生态。

蚕儿与桑叶,天造地设,是同时出世。养蚕的规模,当然也是很小的,用一个小纸盒的盖子就可以了。养蚕的心,是很虔诚的,小盒子铺垫得温暖而干净。每天清晨,一起来就往地里跑,有时跑得很远,把桑坡上好不容易长出的几片新叶采回来,盖在小蚕的身上,把多余的桑叶,洒上点水,放在一边储存。

桑坡少有,而养蚕的伙伴又多,于是出现了供需矛盾,出现了竞争。你起得早,我比你起得更早,常常是天还不亮,小孩子们就乱往桑坡那里奔去。过不了几天,桑坡的枝条,就摧残得光秃秃,再也长不出新的叶子来了。

去镇上赶集的路上，倒是有一片大桑树，是镇上地主家经营的。树很高，叶子也大，大人们赶集路过，有时给孩子们偷摘几片，那是解决不了什么问题的。

喜剧还没演到一半，悲剧就开始了。蚕儿刚刚长大一些，正需要更多的桑叶，就绝粮了，只好喂它榆叶。榆叶有的是，无奈蚕不爱吃，眼看瘦下去，可怜巴巴的，有的饿死了，活下来的，到了时候，就有气无力地吐起丝来。

每年养蚕，最初总是有一个美丽的梦：蚕大了，给我结一张丝绵，好把墨盒装满。蚕只能结一片碗口大小的，黄白相间的，薄纸一样的绵。

和我一同养蚕的，是一个远房的妹妹。她和我同岁，住在一条街上。她性格温柔，好说好笑，和我很合得来。过年时，我们每天到三爷家的东墙去撞钟。这是孩子们的一种赌博游戏，用铜钱在砖墙上撞击，远落者投近落者，击中为胜。这种游戏，使三爷家的一面墙，疮痍满目，布满弹痕。

我们的蚕，放在一起。她答应我，她的蚕结的绵，也铺在我的墨盒里。她虽然不念书，也知道，写好了字，做好了文章，就是我的锦绣前程。她的蚕，也只能吐一片薄薄的绵。

我们的丝绵，装不满墨盒。十二岁我就离开了家。

几年前，我回了一次故乡，她热诚地看望了我。她童年的形象，在我的心里，刻画得太深太久了，以致使我几乎认不出她目前的形象。

我们都老了，我们都变了。我们都做了一场梦，就像小时候养蚕一样。

我对她诉说了，我少小离家，奔波追逐，患难余生，流落他乡，老病交加之苦。她也向我诉说了，她患了多年的淋巴结核，两个姐姐因为同样的病，都已丧生。她身体壮一些，活了下来，脖颈和胸前留下了一片大伤疤。她父亲无儿,过继了一个外甥。为了争夺财产,她上县进省,和表兄打了五六年官司,终于胜诉,人称"不好惹"。现在和公婆不和,和儿媳也不和。她大姐有一个儿子,早年参军,在新疆工作,她只身一人,去找过好几趟,来回做些买卖,人以为"能"。

她走了以后,据叔母说,她还好斗牌,输了就到田地走一趟,偷公家的大麻子或是棉花。现在老了,腿脚不灵活,就给人家说媒,有时也神仙附体。

听着这些,我的麻木了的心,几乎没有什么感慨。是的,我们老了,每个人经历的和见到的都很多了。不要责备童年的伴侣吧。人生之路,各式各样。什么现象都是可能发生,可能呈现的。美丽的梦只有开端,只有序曲,也是可爱的。我们的童年,是值得留恋的,值得回味的。

她对我,也会是失望的。我写的文章,谈不上经国纬业,只有些小说唱本。并没有体现出,她给我的那一片片小小的丝绵,所代表的天真无邪的情意。

故乡的桑坡,和地主家的桑园,早已不见。自从离开家乡,我也很少见到桑树。在保定读书时,星期日曾到河北大学的农业试验场,偷吃过红紫肥大的桑椹。"文化大革命"时,机关大院临街的角落,有一个土堆,旁边有一棵不大的桑树。每逢开会休息时,我好到那里,静静地站立一刻,但心里想的事情,与蚕桑无关。

我养的花木中,有一棵扶桑。现在这种花,在天津已经不大时兴了。它的叶子、枝干,都像桑树。桑树皮的颜色,与蚕的颜色,一般无二,使人深深感到,造物的奇巧,自然的组合,有难言的神妙。

一九八七年七月十五日下午写讫

小 同 窗

现在还能保持联系的,少年时代的同学,就只有李一个人了。

我们十四岁时,在保定育德中学同班。后来我休学一年,关系还是很好。

李,蠡县人,长得漂亮,性格温和,我好和这样的人交朋友。

他毕业以后,考入北平大学的法商学院。我初中毕业,进入了本校新成立的高中。

那时的青年人,都喜欢阅读马列主义的书籍。我除去文艺理论,还喜欢看社会科学方面的书。上海神州国光社,出版一种读书杂志,由王礼锡、陆晶清主编,连续出版了三期对于中国社会史的论战专号,我很有兴趣。我家境不好,没有多少钱买闲书。有两期,是李买了寄给我的,并写信告诉我:虽然每篇文章,都标榜唯物史观,有些人的论点是错误的。又说,刘仁静的文章是比较好的。使我对这位同学的政治学识,更进一步地佩服了。

高中毕业以后,经历了"九一八""一·二八"的民族灾难,我在北平市政机关,当一名小职员。有一天,收到李从监狱寄来的一封信,告诉我他近日遭遇。我胆小,没有到过这些地方,约了一位姓黄的同学,一同去看他。

在一个小小的窗口,和他谈了几句话。我看到他的衣服很脏。他平日是最讲究穿着的。我心里很难过,他也几乎流下了泪。

他交给我一卷稿子,是他写的小说,希望我们找个地方发表。我带回住处,自己写的东西,都没有出路,往哪里去投呢?不久,我失业了,把稿子带回乡下家里。后来,我好像从一本刊物上,看到过这篇作品,可能他又交给了另一个人。

少年时的同学,在感情上,真有点亲如骨肉,情同手足的味道。他虽然没有到过我的家中,我的母亲、妻子和住在我家的表姐,都知道他的名字。

一九三七年,他从监狱里出来,就参加抗日工作。人民自卫军驻在安国县时,他住在我父亲的店铺里。因为有他,我出来抗日,父亲的疑虑就减少了。我是独生子。

不久,自卫军转移到我的家乡安平县,那时他是民运部长,各县的动员会,都归他领导。

有外地的一个香火头子,在我们村庄弄神弄鬼,我的堂弟也混在里面。我对他说了这件事。他说,这和民运有关。第二天,就有几个旧衙役,来到我们村庄,制止了迷信活动。乡下人很怕官差,有几个头面人物,出来应酬。衙役却不吃不喝,讲明道理就走了,老年人都说,从来也没见过,官事这样好应付的。

一九四○年,他到延安去了。过了几年,我也到了延安。他同一位医生结了婚。到鲁艺看我,总是带上一本粉连纸印的军政杂志。他知道我好吸烟,延安的卷烟纸,是很难买到的。

建国以后,他先是当中南局的组织部副部长,后当中宣部的秘书长。很快就要提拔为副部长了,因为替一个作家,说了几句话,一下成为右派。先是下放劳动,后来就流放到新疆石河子去了。

临行前,他到天津来了一趟。我给他一些钱作为路费。另外送他两部书:一是《纪氏五种》,其中有关于新疆的笔记。一是《聊斋志异》，为想叫他读来解闷的。他说，"聊斋，你留着看吧。"

平反以后，他当了中纪委的常委。他的照片，和国家领导人排列在一起。我也感到光荣，对人说：

"官儿，李做得够大了。这在过去，就是左都御史！"

他到天津公干，来到我家。车是天津纪委的。他说，如果在我这里吃饭，请把司机招待一下。我虽然在心里怪他：你这官儿做得太窝囊了。比你小得多的人物，从北京来，都有自己的专车。还是满口答应了。那一顿饭，我只是应酬司机，也没有很好照顾他。

饭后，他和我闲谈了一会儿。我向他发牢骚，说社会风气如此，我真想找个地方隐遁去了。他没有批评我，只是笑了笑，说：

"哪里也是一样。"

回想一下，相交这么多年，我并没有多少机会，同他天南海北畅谈过，更没有酒肉的征逐。但我从少年时就信赖他，后来，更深深体会到，他真正关心我。

五十年代，我病了以后，住医院，住疗养院，都是他帮助安排的，使我得到了极其优越的待遇。他并私下里询问天津的熟人，我的病是怎样得的。被询问的人说，是因为夫妻不和，他就说，那样就不必叫他爱人来看他了。后来又听人说，我和妻子感情很好，他又笑着说，那就叫她常常来看看他吧。

七十年代，老伴去世，我又结了一次婚。他同这位女同志见过一次。不多几年，又闹纠纷，提出离异。他知道以后，很关心，几次征求我的意见，要给女方写信，挽回这件事。我说，人家已经把东西拉走了。他说，拉走东西，并不证明就不能挽救。我还是没让他写。

"文化大革命"，他备受折磨。那时他还没有得到平反，是到北京来办事的，却有心情给别人撮合。

最使我想起来感动，也惭愧的，是他对我的体谅。有一次，他到天津，下了火车就来看我，天已经黑了。他是想住在我这里的，他知道我孤僻，就试探着问：

"你就一个人睡在这里吧？"

我说是，却没有留他住下。他只好又住到他哥哥那里去了。

如果是别人，遇见这样不近人情的事，一定绝交了，他并不见怪。

忘记是哪一次，他又谈起文艺界的事。我说：

"你不要管这些人的事了，你又不了解他们。一次亏还没吃够呀！"

他也只是笑了笑。我想，他做组织工作惯了，总是关心别人的处境。

"十三大"闭幕的那天晚上，我听广播，中纪委的名单上没有他。这是因为年岁，退下来了。我想给他写封信，又一想，他会给我来信的。昨天，收到了他的信。看意思，是要写点东西了，我马上回信鼓励。

一九八七年十一月二十日下午

罗 汉 松

现在，我养的花木中，这棵罗汉松可以说是长得最好的了。我每天搬出搬进，惟恐叫人偷了去。这是朋友老张送我的。老张一共送过我三盆花。第一次是一棵玻璃翠，他送来的时候，笑着对我说："你养这种花最合适。"

他的意思是，我这个人很脆弱，弱不禁风，半死不活。他讽刺人，向来是不分场合的。

第二次是一棵栀子和这棵罗汉松。栀子不好养，早已死去了。罗汉松来时很小，十几年的工夫，我已经给它换过三次盆，现在它身上随便一个小枝，也比来时它的全身大，老张逝世将近五年了。时光流逝，人之云亡，尚不及草木长久。

老张送我花，并不是他出钱买的。他交游广，认识人多，又是老同志，名人作家，别人都乐于送给他东西。这些花，就是他从本市的一个大公园要来的，他认识那里的主任。

二十年代末，老张就和这个大城市解放后的第一任市长，在一个支部活动。当时在这一支部的，还有"十年女皇"。

他爱好文艺，三十年代初已发表了小说，并写了一部长篇，书名仿肖洛霍夫笔意，也叫作静静的什么，曾得到一个美国太太的奖金。

查鲁迅日记，老张曾两次把这部小说寄给鲁迅先生，好像并没有引起先生的注意。那时，人们并不像现在这样，那么重视外国人的奖赏。更不认为，外国人鼓掌叫好的，就代表中国创作的高峰。

老张对文学孜孜矻矻，可以说是终生不懈。在写作上也很努力，虽然说不上很严肃。"文革"期间，他曾企图把过去写的一部现实小说，改写成应时的作品，结果徒劳心力，没人给他出版。

以他的资历，本来有很多机会去做大官，他都没有去做。抗日时期，他在一个地区当了几天社会部长，进城以后，又当了几天工会宣传部长，终于以作家身份，了其一生。

我们是一个时代的人，共同度过了那艰难危险的岁月。他一直没有离开冀中，他不愿到山里去，那里生活太苦。在冀中，领导了解他，群众关系也好。他打游击，不避阶级嫌疑，常住在地主富农家里，这些人家，都有子女在外抗日。他到一家，大伯、大娘叫得很亲热，既保险，又能吃到好饭食。他有时住在我家，我父亲总要到集上去买肉。有一年夏天，他走了一天，干渴得很，正好我父亲在井里泡着一个大西瓜，取出来叫他吃，说他真有口福。

进城后，老张几次自做对虾，装满大饭盒，给我母亲送来。老伴病了，老张也曾到医院看望，后我因无人照顾，多次到他家赶饭。他对女儿们说："不要厌烦，过去，我也常在人家吃饭。"

老张的口福，是有名的。抗日期间，我从路西回来，帮他编书。他们一天的菜金是五分，我是客人，三角，他就提出跟我合伙。"五一大扫荡"，扫来扫去，把他扫到深县南部的大桃树园，在里面待了三天三夜，吃的都是蜜桃。抗日胜利后我回到家里，父亲给我炖了一个肘子。刚刚炖烂，他就从外村赶来了，进屋大笑着说："我在八里以外，就闻到香味了。"

进城以后，他是市长的老朋友，经常赴宴。打听哪里有宴会，只要主客一方是熟人，他就跑去。有一次，我们在北京开会，散会以后，我同康、侯等人约好，到东安市场吃饭，并没约他。他就跟在后面，一直进了饭馆，大家都不以为怪。

他不只有口福。别人的书，经过战争、土改，都散失了。他的书没有散失，反增加了。他到处搜罗书籍。土改时，他主管的小区，发现了一部《海上述林》。他上书中央负责同志，请求批准他获得这部他渴望已久的书。他的手稿、日记，也保存得很妥帖，丝毫没有遗失。有一次，他到路西去，父亲托他带给我一些零用钱，并叫妻子把钱缝在他的夹袄腋下。他到了路西，我已去延安，他把钱也买了书。

历次政治运动，他都以老运动员，或称老油条的功夫，顺利通过。土改时，他是组长，当然不会有问题。"文化大革命"初期，他当机立断，以"左"派姿态，批评了市委文教书记。在那种人心惶惶的情况下，他一改平日邋邋遢遢的形象，穿上一件时兴的的确良新衬衣，举止活泼，充满朝气，以自别于那些忧心忡忡垂头丧气的人物。

身为作家，参加革命久，历史复杂，说话随便，伤人很多的他，在这场动乱中，几乎没有任何风险，没有烧到一根毫毛。当不少同行家破人亡之际，他的家庭，竟能保持钟簴不移、庙貌未改的状态，这在全国也恐怕是少见的。并且不久就出入炙手可热的王曼恬的官邸，更使人叹服他的应变能力了。

据我思考，老张得力之处，在于处世待人。他不像一般作家那样清高孤僻，落落寡合。什么人他都交接，什么事都谈得。特别是那些有权有势，对他有用的人。他以作家的敏感，去了解对方的心意；然后以官场的法术，去讨得他们的欢心。他对顶头上级，如宣传部长，甚至宣传干事，都毕恭毕敬。可以当着很多人的面，去拍他们的马屁，插科打诨，旁若无人。有一次，在我家里，他竟拍起一个后生晚辈的马屁，使我大吃一惊。这个后生，是他机关造反组织的一个核心成员。那时"文革"已近尾声，老张还对他如此恭敬。我就此事，请教过一位明达。他说，前途未卜，后生之后，还有大头目。老张在后生面前能作如此表现，大头目知道也会高兴。他们如继续得势，老张自然得到好处。

芸斋主任曰：抗日时期，老张写了不少剧本，曾自称是冀中区的莫里哀。三十过后，方得结婚。及撰文相交过久，印象丛脞，不易下笔。老张熟知冀中生活掌故，人多称之，然亦有谓，其言多夸夸，华而不实，因有"倒二八"之讥。噫！当年革命如渡急湍，政治如处漩涡。老张不只游戏人生，且亦游戏政治。其真善泳者乎！

一九八八年五月九日写讫

石　榴

我自幼年，就喜爱石榴树。从树干、枝叶到果实，我都觉得很美。我很想在自家的庭院中，种植一棵，也从集市上买过一株幼苗，离家以后死去了。所有关于石榴树的印象，都是在别人家的窗前阶下留下的。

我的家乡，临着滹沱河，每年发大水，一般农家，没有种花果树的习惯。大户人家的高宅大院里，偶尔有之。我印象最深的一棵石榴，是我在一九四七年，跟随冀中土改试点小组，在博野县一家房东院中见到的。

房东是一个中年寡妇，她有两个男孩子，一个女孩子。女孩子是老大；她细高身材，皮肤白细，很聪明，好说笑，左眼角上，有一块麦粒大小的伤痕。整天蹲在机子上织布，给我做过一些针线。

在工作组，我是记者，带有体验生活的性质。又因为没有实际工作经验，领导上并不派我什么具体工作。

土改试点一开始，就从平汉路西面，传来一些极左的做法。在这个村庄，我第一次见到了对地主的打拉。打，是在会场上，用秫秸棍棒，围着地主斗争，也只是很少的几个积极分子。拉，是我一次在村边柳林散步时，偶尔碰到的。

正当夏季，地主穿着棉袄棉裤，躺卧在地下，被一匹大骡子拉着。骡子没有拉过这种东西，它很惊慌，一个青年农民，狠狠地控制着它，农民也很紧张，脸都涨青了。后面跟着几个贫雇农，幸亏没有人敲锣打鼓。

这显然是一种恐怖行动，群众不一定接受得了，但这是发动群众。不知是群众不得不这样做给领导看，还是领导不得不这样去领导。也不知是哪一个别有用心的人，这样来解释"一打一拉"的政策。

我赶紧躲开，回到房东那里，家里人都去会场了，就姑娘一个人在机子上。我坐在台阶上，说：

"小花，有水吗？我喝一口。"

她下来给我点火现烧，说："怎么这样早，你就回来了？"

"那里没有我的事。"

"从来也没见过你讲话，你是吃粮不管事呀！"她说笑着，又蹬起机子来。

我也没有见过姑娘去开会，当然，家里也需要留个人看门。我望着台阶下，正在开花的石榴说：

"谁栽的？"

"我爹。没等到吃个石榴就死了。"

"甜的酸的？"

"甜的，住到中秋，送你一个大石榴。"

住的日子长了，在邻舍家吃派饭，听到过关于姑娘的一些闲言，说她前几年跳过一次井。眉上那伤疤，就是那次落下的，井就在她家门口。关于这种事，我从来不好多问，讲述的人，也就止住不讲了。

试点工作结束后，人们全撤离了。我走了几天，留恋这家人，骑车子又回来了。一进村，大街上空无一人，在路过地主家门时，那位被拉过的老头，正好走出来。他拄着拐杖，头上裹着一块白布。他用仇恨的目光注视着我。

我回到房东家，大娘对我的态度，和几天以前比，是大不一样了。我又到贫农团，主席对我也只是应付。

走在街上，有人在背后说：

"怎么又回来了？"

"准是住在小花家。"

我走回小花家，家里人都去地里干活了，小花正在迎门的板床上歇晌。她穿一身自己织纺的浅色花格裤褂，躺得平平的。胸部鼓动着，嘴唇翕张着，眉上的那块小疤痕，微微地跳动着。她现在美极了，在我眼前，是一幅油画，一座铜雕，一尊玉佛。

我退出来，坐在台阶上，凝视着那棵石榴树。天气炎热，石榴花正在盛开，像天上落下的一片红云。这时，一个穿得很讲究的年轻人，在大门外，玩弄枪支。前一阶段，从来没见过这个人。

不久，大娘回来了，我向她告别。她也没有留我，只是说：

"别人不知怎么说我们呢！"

后来，工作组的人说，他们听说我又回去了，曾捎信叫我赶紧离开。打扫战场，会出危险的。我也想到，那个玩枪的年轻人，很可能和小花跳井有关联，他是想把我吓走。

过了几年，我在附近下乡，又去过一次，没见到小花，早已出嫁了。因为是冬天，也就没有注意那棵石榴树。

我现在想：大娘是个寡妇，孩子们又小。她家是什么成分，说来惭愧，我当时也没问过，可能是中农。我住在她家，她给我做好饭吃，叫小花给我做针线活，她希望的是，虽不一定能沾我什么光，也不要被什么伤。她一家人，当时的表现，是既不靠前，也不靠后，什么事也不多讲，也不想分到什么东西。小花的跳井，可能是她老人家，极端避讳的话题，我的不看头势，冒冒失失，就使她更加不安了。

当我这样想通的时候，大娘肯定早已逝世。当时的年轻人，现时谁在谁不在，也弄不清楚了。

老年人，回顾早年的事，就像清风朗月一切变得明净自然，任何感情的纠缠，也没有，什么迷惘和失望，也消失了。而当花被晨雾笼罩，月在云中穿度之时，它们的吸引力，是那样强烈，使人目不暇接，废寝忘食，甚至奋不顾身。

芸斋主人曰：城市所售石榴树苗，多为酸种。某年深秋，余游故宫，见御河桥上，陈列大石榴树两排。树皮剥裂为白色，叶已飘落尽，碗大石榴，垂摇白玉雕栏之上，红如玛瑙，叹为良种。时故宫博物院长为故人，很想向他要一枚，带回栽种。因念及宫禁，朋友又系洁身自好、一尘不染之君子，乃未启齿，至今以为憾事。

一九八八年七月十七日，大热

我留下了声音

前几年，也是冬季，一天清晨，有两个姑娘，到多伦道大院找我。在院里碰上了正要去上班的我们的总编辑老鲁。说明来意后，老鲁告诉她们，我还没有起床，就邀她们到报社去，先在他的办公室休息一下。

这两位姑娘，是北京一个文学团体，派出来和老年作家联系的。她们从济南坐了一夜火车到天津，已经很困乏了。

八点钟的时候，她们到了我的居室。她们衣着朴素，外面天气很冷，包裹得很严实。宽去了头巾外衣之后，我发现这两位姑娘，虽然态度腼腆，实在秀美异常，容光照人，立刻使我那空荡、破旧、清冷的房间增加了不少温暖和光彩。其中一个身材较高的，把一只小录音机，在我对面的桌子上，随手一丢，轻声说："留下你的声音！"

众所周知，我是不大喜欢见客的，尤其是生人。有传说，一言不合，我就会中止和客人的谈话。另外，我从来也没有想过：要留下些什么。

虽然这一句话，对我很是陌生，对我这样年纪的人来说，更容易有一种不祥的刺激性。但我看得很清楚，姑娘是一番诚意。她已经退回远处的座位，她那俊俏的脸上，流露着天真的微笑。她是在认真地完成上级交给她的任务，她希望的是，要不失时机地把工作做好。她根本没有考虑，"留下"二字，代表的是什么。

看到她的举止和表情，我也完全忘记了，她们要求我做的事，意味着什么。我高兴地和她说笑着，把声音留在那小小的盒子里。

这真是偶然的机遇。若干年后，如果真的有人，对我的声音有兴趣，把磁带一放，他一定认为我是一个非常达观的人，非常乐观的人。

这就是青春的魅力。这些年来，凡是姑娘们叫我做的事，我总是乐意去做，不叫她们失望。即使她们有什么不对的地方，我也能很快原谅她们，同时容易引咎自责，先检讨自己。

直到现在，我也不知道，我是怕死，还是不怕死。我见过亲人的死亡，那确是很痛苦，也很可怕。

我接近死亡，或者已经进入了它的樊篱，已经多次。有时是敌人把我赶到那里；有时是自己人，把我赶到那里；有时是大自然；有时是自己跟自己过不去。

现在，当叫我留下些什么的时候，我竟忘记了这些不幸。我替她们做了很多事：找书籍，选原稿，在她们的笔记本上签名题字。

另一位较矮的姑娘，带着一只照相机，她给我照了好多相，然后两个人又轮流同我合影。这位姑娘更文静端庄。她在同我合影时，用双手抹抹头发，然后又平平衣裳前襟时的姿势神态，至今还留在我的记忆里。

当我做事的时候，她们前后帮助我，左右照拂我，使我受宠若惊，忘记了疲乏。

分别时，我叮嘱她们，照片洗好后，一定寄给我一份。

她们回去以后，就没有音讯。我也想得开：姑娘们回到机关，把录音机、照相机一交，就忙自己的事去了。到了这般年龄，她们的事情是很多的。

隔了一年多，她们的领导人，因为别的事，来到我家。谈话间，我和他提起了，两个姑娘在我这里做客的情形，还问到了照片的事。领导人答应回去给问问。

又隔了一段时间，领导人寄来几张照片，附着一封信，说"姑娘们照得并不好，资料组不愿给她们冲洗，就扔在一边了。现在勉强选了几张，给你寄去，希望原谅"云云。

我对自己的近年照片，一向没有兴趣，她们照的也确实平平，看来是漫不经心的。但其中有一张，我和拿录音机的姑娘的合影，我觉得还是照得不错的，姑娘的眼神非常好。只是没有我和拿照相机的那位姑娘的合影。

我把照片郑重地收藏起来。

今年冬季，我已迁入新居。因为地处偏僻，很少来客。

有一天清晨，听见一位女同志叫我，一时竟认不出，她自报姓名，才知道是时常想到的，那位拿照相机的姑娘。她的服装和发型，和上次都不一样了。在我眼中，她长高了一些，也瘦了一些。她已经做了母亲。那位拿录音机的姑娘，据她说，已调离了机关，也早结婚生孩子了。

她这次，是带了一班人马，来为我录像的。我从来没有录过像，我怕见那种光。来找的，我都以脑病拒绝了。但这一次，我不好拒绝，我要求她简单地照一下。

我换了一件新上衣，按照他们的要求，坐在那里。他们照了我的书房和起居室。至此，我就不只留下了声音，也留下了形象。然后，我和他们全体，又合拍了一张相片。

我要求她，回去以后，把这次的合影给我寄来。

她走了以后，就又没有了信息。我想：一定和上次一样，回去一交差，就算完事了。有了小孩，她就更忙了。

芸斋主人曰：风雨交加，坎坷满路。余至晚年，极不愿回首往事，亦不愿再见悲惨、丑恶，自伤心神。然每遇人间美好、善良，虽属邂逅之情谊，无心之施与，亦追求留恋，念念不忘，以自慰藉。彩云现于雨后，皎月露于云端。赏心悦目，在一瞬间。于余实为难逢之境，不敢以虚幻视之。至于个人之留存，其沉埋消失，必更速于过眼云烟矣。

一九八九年一月十六日写讫

散 文 随 笔

伙伴的回忆

忆 侯 金 镜

一九三九年,我在阜平城南庄工作。在一个初冬的早晨,我到村南胭脂河边盥洗,看见有一支队伍涉水过来。这是一支青年的、欢乐的、男男女女的队伍,是从延安来的华北联大的队伍,侯金镜就在其中。

当时,我并不认识他。我也还不认识走在这个队伍中间的许多戏剧家、歌唱家、美术家。

一九四一年,晋察冀文联成立以后,我认识了侯金镜。他是联大文艺学院文学系的研究人员。他最初给我的印象是:老成稳重,说话洪亮而短促。脸色不很好,黄而有些浮肿。和人谈话时,直直地站在那里,胸膛里的空气总好像不够用,时时在倒吸着一口凉气。

这个人可以说是很严肃的,认识多年,我不记得他说过什么玩笑话,更不用说相互之间开玩笑了。这显然和他的年龄不相当,很快又结了婚,他就更显得老成了。

他绝不是未老先衰,他的精力很是充沛,工作也很热心。在一些会议上发言,认真而有系统。他是研究文艺理论的,但没有当时一些青年理论家常有的那种飞扬专断的作风，也不好突出显示自己。这些特点，给我留下了好的印象，觉得他是可以亲近的。但接近的机会究竟并不太多，所以终于也不能说是我在晋察冀时期的最熟识的朋友。

然而，友情之难忘，除去童年结交，就莫过于青年时代了。晋察冀幅员并不太广，我经常活动的，也就是几个县，如果没有战事，经常往返的，也就是那几个村庄，那几条山沟。各界人士，我认识得少；因为当时住得靠近，文艺界的人，却几乎没有一个陌生。阜平号称穷山恶水，在这片炮火连天的土地上，汇集和奔流着来自各方的，兄弟般的感情。

以后，因为我病了，有好些年，没有和金镜见过面，一九六〇年夏天，我去北京，他已经在《文艺报》和作家协会工作，他很热情，陪我在八大处休养所住了几天，又到颐和园的休养所住了几天。还记得他和别的同志曾经陪我到香山去玩过。这当然是大家都知道我有病，又轻易不出门，因此牺牲一点时间，同我到各处走走看看的。

这样，谈话的机会就多了些，但因为我不善谈而又好静，所以金镜虽有时热情地坐在我的房间，看到我总提不起精神来，也就无可奈何地走开了。只记得有一天黄昏，在山顶，闲谈中，知道他原是天津的中学生，也是因为爱好文艺，参加革命的。他在文学事业上的初步尝试，比我还要早。另外，他好像很受"五四"初期启蒙运动的影响，把文化看得很重。他认为现在有些事，所以做得不够理想，是因为人民还缺乏文化的缘故。当时我对他这些论点，半信半疑，并且觉得是书生之见，近于迂阔。他还对我谈了中央几个文艺刊物的主编副主编，在几年之中，有几人犯了错误。因为他是《文艺报》的副主编，担心犯错误吧，也只是随便谈谈，两个人都一笑完事。我想，金镜为人既如此慎重老练，又在部队做过政治工作，恐怕不会出什么娄子吧。

在那一段时间，他的书包里总装着一本我写的《白洋淀纪事》。他几次对我说："我要再看看。"那意思是，他要写一篇关于这本书的评论，或是把意见和我当面谈谈。他每次这样说，我也总是点头笑笑。他终于也没有写，也没有谈。这是我早就猜想到的。对于朋友的作品，是不好写也不好谈的。过誉则有违公论，责备又恐伤私情。

他确实很关心我，很细致。在颐和园时，我偶然提起北京什么东西好吃，他如果遇到，就买回来送给我。有时天晚了，我送客人，他总陪我把客人送到公园的大门以外。在夜晚，公园不只道路曲折，也很空旷，他有些不放心吧。

此后十几年，就没有和金镜见过面。

最后听说：金镜的干校在湖北。在炎热的夏天，他划着小船在湖里放鸭子，他血压很高，一天晚上，劳动归来，脑溢血死去了。他一直背着"反党"的罪名，因为他曾经指着在"文化大革命"期间报刊上经常出现的林彪形象，说了一句："像个小丑！"金镜死后不久，林彪的问题就暴露了。

我没有到过湖北，没有见过那里的湖光山色，只读过范仲淹描写洞庭湖的文章。我不知道金镜在的地方，是否和洞庭湖一水相通。我现在想到：范仲淹所描写的，合乎那里天人的实际吗？他所倡导的先忧后乐的思想，能对在湖滨放牧家禽的人，起到安慰鼓舞的作用吗？金镜曾信服地接受过他那不以物喜，不以己悲的劝诫吗？

在历史上，不断有明哲的语言出现，成为一些人立身的准则，行动的指针。但又不断有严酷的现实，恰恰与此相反，使这些语言，黯然失色，甚至使提倡者本身头破血流。然而人民仍在觉醒，历史仍在前进，炎炎的大言，仍在不断发光，指引先驱者的征途。我断定，金镜童年，就在纯洁的心灵中点燃的追求真理的火炬，即使不断遇到横加的风雨，也不会微弱，更不会熄灭的。

忆郭小川

一九四八年冬季,我在深县下乡工作。环境熟悉了,同志们也互相了解了,正在起劲,有一天,冀中区党委打来电话,要我回河间,准备进天津。我不想走,但还是骑上车子去了。

我们在胜芳集中,编在《冀中导报》的队伍里。从冀热辽的《群众日报》社也来了一批人,这两家报纸合起来,筹备进城后的报纸出刊。小川属于《群众日报》,但在胜芳,我好像没有见到他。早在延安,我就知道他的名字,因为我交游很少,也没得认识。

进城后,在伪《民国日报》的旧址,出版了《天津日报》。小川是编辑部的副主任,我是副刊科的副科长。我并不是《冀中导报》的人,在冀中时,却常常在报社住宿吃饭,现在成了它的正式人员,并且得到了一个官衔。

编辑部以下有若干科,小川分工领导副刊科,是我的直接上司。小川给我的印象是:一见如故,平易坦率,热情细心,工作负责,生活整饬。这些特点,在一般文艺工作者身上是很少见的。所以我对小川很是尊重,并在很长时间里,我认为小川不是专门写诗,或者已经改行,是能做行政工作,并且非常老练的一名干部。

在一块工作的时间很短,不久他们这个班子就原封转到湖南去了。小川在《天津日报》期间,没有在副刊上发表过一首诗,我想他不是没有诗,而是谦虚谨慎,觉得在自己领导下的刊物上发表东西,不如把版面让给别人。他给报社同志们留下的印象,是很好的,很多人都不把他当诗人看待,甚至不知道他能写诗。

后来,小川调到中国作家协会工作。在此期间,我病了几年,联系不多。当我从外地养病回来,有一次到北京去,小川和贺敬之同志把我带到前门外一家菜馆,吃了一顿饭。其中有两个菜,直到现在，我还认为，是我有生以来，吃到的最适口的美味珍品。这不只是我短于交际，少见世面，也因为小川和敬之对久病的我，无微不至地关怀照顾，才留下了如此难以忘怀的印象。

我很少去北京，如果去了，总是要和小川见面的，当然和他的职位能给予我种种方便有关。

我时常想，小川是有作为的，有能力的。一个诗人，担任这样一个协会的秘书长，上上下下，里里外外都来得，我认为是很难的。小川却做得很好，很有人望。

我平素疏忽，小川的年龄，是从他逝世后的消息上，才弄清楚的。他参加革命工作的时候，还不到二十岁。他却能跋山涉水，入死出生，艰苦卓绝，身心并用，为党为人民做了这样多的事，实事求是评定起来，是非常有益的工作。他的青春，可以说是没有虚掷，没有浪过。

他的诗，写得平易通俗，深入浅出，毫不勉强，力求自然，也是一代诗风所罕见的。

很多年没有见到小川，大家都自顾不暇。后来，我听说小川发表了文章，下久又听说受了"四人帮"的批评。我当时还怪他，为什么在这个时候，急于发表文章。

前年，有人说在辉县见到了他，情形还不错，我很高兴。我觉得经过这么几年，他能够到外地去做调查，身体和精神一定是很不错的了。能够这样，真是幸事。

去年，粉碎了"四人帮"，大家正在高兴，忽然传来小川不幸的消息。说他在安阳招待所听到好消息，过于兴奋，喝了酒，又抽烟，当夜就出了事。起初，我完全不相信，以为是传闻之误，不久就接到了他的家属的电报，要我去参加为他举行的追悼会。

我没有能够去参加追悼会。自从一个清晨，听到陈毅同志逝世的广播，怎么也控制不住热泪以后，一听到广播哀乐，就悲不自胜。小川是可以原谅我这体质和神经方面的脆弱性的。但我想如果我不写一点什么纪念他，就很对不起我们的友情。我已经有十几年没有写作的想法了，现在拿起笔来，是写这样的文字。

我对小川了解不深，对他的工作劳绩，知道得很少，对他的作品，也还没有认真去研究，深怕伤害了他的形象。

一九五一年吧，小川曾同李冰、俞林同志，从北京来看我，在我住的院里，拍了几张照片。这一段胶卷，长期放在一个盒子里。前些年，那么乱，却没人过问，也没有丢失。去年，我托人洗了出来，除了我因为不健康照得不好以外，他们三个人照得都很好，尤其是小川那股英爽秀发之气，现在还跃然纸上。

  啊，小川，
  你的诗从不会言不由衷，
  而是发自你肺腑的心声。
  你的肺腑，
  像高挂在树上的公社的钟，
  它每次响动，
  都为的是把社员从梦中唤醒，
  催促他们拿起铁铲锄头，
  去到田地里上工。
  你的诗篇，长的或短的，
  像大大小小的星斗，
  展布在永恒的夜空，
  人们看上去，它们都有一定的光亮，
  一定的方位，
  就是儿童，
  也能指点呼唤它们的可爱的名称。
  它们绝不是那转瞬即逝的流星

——乡下人叫作贼星,
拖着白色的尾巴,从天空划过,
人们从不知道它的来路,
也不关心它的去踪。
你从不会口出狂言,欺世盗名,
你的诗都用自己的铁锤,
在自己的铁砧上锤炼而成。
雨水从天上落下,
种子用两手深埋在土壤中。
你的诗是高粱玉米。
它比那伪造的琥珀珊瑚贵重。
你的诗是风,
不是转蓬。
泉水呜咽,小河潺潺,大江汹涌!

一九七七年一月三日改讫

悼画家马达

听到马达终于死去了，脑子又像被击中一棒，半夜醒来，再也不能入睡了。青年时代结交的战斗伙伴，相继凋谢，实在使人感怆不已。

只是在今年初，随着党中央不断催促落实政策，流落在西郊一个生产大队的马达，被记忆了起来。报社也三番两次去找他采访，叫他写些受"四人帮"迫害的材料。报社同志回来对我说：

马达住在那个生产大队临大道的尘土飞扬、人声嘈杂、用破席支架起来的防震棚里，另有一间住房，也很残破。客人们去了，他只有一个小板凳，客人照顾他年老有病，让他坐着，客人们随手拾块破砖坐下来。

马达用两只手抱着头，半天不说话。最后，他说：

"我不能说话，我不能激动，让我写写吧。"

在临分别的时候，他问起了我：

"他还在原来的地方住吗？我就是和他谈得来，我到市里要去看他。"

我在延安住的时间很短，也就是一年半的时间。原来是调去学习的，很快日本投降了，就又随着工作队出来，在延安，我在鲁艺做一点工作，马达在美术系。虽说住在一个大院落里，我不记得到过他的窑洞，他也没有到过我的窑洞。听说他的窑洞修整得很别致，他利用土方，削成了沙发、茶几、盆架、炉灶等等。我们同在一个小食堂里吃饭，每天要见三次面，有什么话也可以说清楚的。马达沉默寡言，认识这么些年，他没有什么名言谠论、有风趣的话或生动的表情，留在我的印象里。

从延安出发，到张家口的路上，我和马达是一个队。我因为是从敌后来的，被派作了先遣，每天头前赶路。我有一双从晋察冀穿到延安去的山鞋，现在又把它穿上，另外，还拿上我从敌后山上砍伐来的一根六道木棍。

这次行军，非常轻松，除去过同蒲路，并没有什么敌情。后来，我又兼给女同志们赶毛驴，每天跟在一队小毛驴的后面，迎着西北高原的瑟瑟秋风，听着骑在毛驴背上的女歌手们的抒情，可以想见我的心情之舒畅了。

我在延安是单身，自己生产也不行，没有任何积蓄。有些在延安住久的同志，有爱人和小孩，他们还自备了一些旅行菜。我在延安遇到一次洪水暴发，把所有的衣被，都冲到了延河里去，自己如果不是攀住拴马的桩子，也险些冲进去。组织上照顾我，发给我一套单衣。第二天早晨，水撤了，在一辆大车的车脚下，发现了我的衣包，拿到延河边一冲洗，这样我就有了两套单衣。行军途中，我走一程，就卖去一件单衣，补充一些果子和食物。这种情况当然也是一时的权宜之计，不很正规的。

中午到了站头，我们总是蹲在街上吃饭。马达也是单身，但我不记得和他蹲在一起、共进午餐的情景。只有要在一个地方停留几天，要休整了，我才有机会和他见面，留有印象的，也只有一次。

在晋、陕交界，是个上午，我从住宿的地方出来，要经过一个磨棚，我看到马达正站在那里，聚精会神地画速写。有两位青年妇女在推磨，我没有注意她们推磨的姿态，我只是站在马达背后，看他画画。

马达用一支软铅笔在图画纸上轻轻地、敏捷地描绘着，只有几笔，就出现了一个柔婉生动，非常美丽的青年妇女形象。这是素描，就像在雨雾里见到的花朵，在晴空里望到的勾月一般。我确实惊叹画家的手艺了。

我很爱好美术，但手很笨，在学校时，美术一课，总是勉强交卷。从这一次，使我对美术家，特别是画家，产生了肃然起敬的感情。

马达最初，是在上海搞木刻的。那一时代的木刻，是革命艺术的一支突出的别动队。我爱好革命文学，也连带爱好了木刻，青年时曾买了不少这方面的作品。我一直认为在《鲁迅全集》里，鲁迅同一群青年木刻家的照相中，排在后面，胸前垂着西服领带，面型朴实厚重的，就是马达。但没有当面问过他。马达那时已是一个革命者，而那时的革命，并不是在保险柜里造反，是很危险的生涯。关于他那一段历史，我也没有和他谈起过。

行军到了张家口，我和一群画家，住在一个大院里。我因为一路赶驴太累了，有时间就躺下来休息。忽然有人在什么地方发现了一堆日本人留下的烂纸，画家们蜂拥而出，去捡可以用来画画的纸片。在延安，纸和颜料的困难，给画家带来了很大的不便。我写文章，也是用一种黄色的草纸。他们只好拿起木刻刀对着梨木板干，木刻艺术就应运而生地得到了长足的发展。他们见到了纸张，这般兴奋，正是表现了他们为了革命工作的热情。

在张家口住了几天，我就和在延安结交的文艺界的朋友们分道扬镳，回到冀中去了。

进天津之初，我常在多伦道一家小饭铺吃饭，在那里有时遇到马达。后来我的家口来了，他还到我住的地方来访一次，从那时起，我觉得马达，在交际方面，至少比我通达一些。又过了那么一段时间，领导上关心，在马场道一带找了一处房，以为我和马达性格相近，职业相当，要我们搬去住在一起。这一次，因为我犹豫不决，没有去成。不久，在昆明路，又给我们找了一处，叫我住楼上，马达住楼下。这一次，他先搬了进去。我的老伴把厨房厕所都打扫干净了，顺路去看望一个朋友，听到一些不利的话，回来又不想搬了。为了此事，马达曾找我动员两次，结果我还是没搬，他就和别人住在一起了。

我是从农村长大的，安土重迁。主要是我的惰性大，如果不是迫于形势，我会为自己画地为牢，在那里站着死去的。马达是在上海混过的，他对搬家好像很有兴趣。

从这一次，我真切地看到，马达是诚心实意愿意和我结为邻居的。古人说，百金买房，千金买邻，足见择邻睦邻的重要性。但是，马达对我恐怕还是不太了解，住在一起，他或者也会大感失望的。我在一切方面，主张调剂搭配。比如，一个好动的，最好配上一个好静的，住房如此，交朋友也是如此。如果两个人都好静，都孤独，那不是太寂寞了吗？当然这也只是我个人的看法。

他搬进新居，我没有到他那里去过。据老伴说，他那屋里尽是一些奇奇怪怪的东西，他也穿着奇怪的衣服，像老和尚一样。他那年轻的爱人，对我老伴称赞了他的画法。这可能是我老伴从农村来，少见多怪。她大概是走进了他的工作室，那种奇异的服装，我想是他的工作服吧。

在刚刚进城那些年，劝业场楼上还有很多古董铺，我常常遇见马达坐在里面。后来听说他在那里买了不少乌漆八黑的，确实说，是人弃我取，一般人不愿意要的东西。他花大价钱买了来。屋里摆满了这种什物，加上一个年老沉默的人，在其中工作，的确会给人一种不太爽朗的感觉。

在艺术风格上，进城以后，他爱上了砖刻。我外行地想，至少在工作材料上，比起木刻更原始一层。他刻出的一些人物形象，信而好古，好像并不为当代的广大群众所喜闻乐见。

他很少出来活动。从红尘十丈的长街上，退避到笼子一样的房间里，这中间，可能有他力不从心的难言之隐吧。对现实生活越来越陌生，越陌生就越不习惯。以为生活像田园诗似的，人都像维纳斯似的，笑都像蒙娜丽莎似的，一接触实际，就要碰壁。他结婚以后，青春做伴，可能改变了生活的气氛。

古往今来，一些伟大的画师，以怪僻的习性，伴随超人的成绩。但是，所谓独善其身或是洁身自好，只能说是一句空话，是与现实生活矛盾的，也是不可能的。你脱离现实，现实会去接近你。

一九六六年冬季，有一群人，闯进了他的住宅，翻箱倒柜。马达俯在他出生不久的儿子身上，安静地对进来的人说：

"你们，什么东西也可以拿去，不要吓着我的小孩！"

他在六十多岁时，才有了这个孩子。

接着就是全家被迫迁往郊区。"四人帮"善于巧立名目，借刀杀人，加给他的罪名是：资产阶级反动权威。

这十几年，当然我们没有见过面。就是最近，他也没得到我这里来过，市里的房子迟迟解决不了，他来办点事，还要赶回郊区。我因为身体不好，也没有能到医院看望他。这都算不得什么，谈不上什么遗憾的。

我一直相信，马达在郊区，即使生活多么困难和不顺利，他是可以过得去的。因为，他曾经长时期度过更艰难困苦的生活。听说他在农村教了几个徒弟，这些徒弟帮他做一些他力所不及的劳动。当然，他遭遇的是精神上的折磨和人格的被侮辱。我也断定，他可以活下来，因为他是能够置心澹定，自贵其生的。他确实活过来了，在农村画了不少画，并见到了"四人帮"及其体系的可耻破灭。

一九七八年四月二十二日

夜　思

最近为张冠伦同志开追悼会,我只送了一个花圈,没有去。近几年来,凡是为老朋友开追悼会,我都没有参加。知道我的身体、精神情况的死者家属,都能理解原谅,事后,还都带着后生晚辈,来看望我。这种情景,常常使我热泪盈眶。

这次也同样。张冠伦同志的家属又来了,他的儿子和孙子,还有他的妻妹。

一进门,这位白发的老太太就说:

"你还记得我吗?"

"呵,要是走在街上……"我确实一时想不起来,只好嗫嚅着回答。

"常智,你还记得吧?"

"这就记起来了,这就记起来了!"我兴奋起来,热情地招扶她坐下。

她是常智同志的爱人。一九四三年,我在山地华北联大高中班教书时,常智是数学教员。这一年冬天,我们在繁峙高山上,坚持了整整三个月的反"扫荡"。第二年初,刚刚下得山来,就奉命做去延安的准备。

我在出发前一天的晚上，忽然听说常智的媳妇来了，我也赶去看了看。那时她正在青春，又是通过敌占区过来，穿着鲜艳，容貌美丽。我们当时都惋惜，我们当时所住的，山地农民家的柴草棚子，床上连张席子也没有，怎样来留住这样花朵般的客人。女客人恐怕还没吃晚饭，我们也没有开水，只是从老乡那里买了些红枣，来招待她。

第二天．当我们站队出发时，她居然也换上我们新发的那种月白色土布服装，和女学生们站在一起，跟随我们出发了。一路上，她很能耐劳苦，走得很好。她是冀中平原的地主家庭出身吧，从小娇生惯养，这已经很不容易了。

比翼而飞，对常智来说，老婆赶来，一同赴圣地，这该是很幸福的了。但在当时，同事们并不很羡慕他。当时确实顾不上这些，以为是累赘。

这些同事，按照当时社会风习，都已结婚，但因为家庭、孩子的拖累，是不能都带家眷的，虽然大家并不是不思念家乡的。

这样，我们就一同到了延安，她同常智在那里学自然科学。现在常智同她在武汉工作，也谈了谈这些年来经历的坎坷。

至于张冠伦同志，则是我一九四五年抗日战争结束后，回到冀中认识的。当时，杨循同志是《冀中导报》的秘书长，我常常到他那里食宿，因此也认识了他手下的人马。在他领导下，报社有一个供销社，还有一个造纸厂，张冠伦同志是厂长。

纸厂设在饶阳县张岗。张冠伦同志是一位热情、厚道的人，在外表上又像农民又像商人，又像知识分子，三者优点兼而有之，所以很能和我接近。我那时四下游击，也常到他的纸厂住宿吃饭。管理伙食的是张翔同志。

他的纸厂是一个土纸厂，专供《冀中导报》用。在一家大场院里，设有两盘高大的石碾，用骡拉。收来的烂纸旧书，堆放在场院西南方向的一间大厦子里。

我对破书烂纸最有兴趣，每次到那里，我都要蹲在厦子里，刨拣一番。我记得在那里我曾得到一本石印的《王圣教》和一本石印的《书谱》。

解放战争后期，是在河间吧，张冠伦同志当了冀中邮政局的负责人。他告诉我，土改时各县交上的书，堆放在他们的仓库里面。我高兴地去看了看，书倒不少，只是残缺不全。我只拣了几本亚东印的小说，都是半部。

这次来访的张冠伦的儿子，已经四十多岁了，他说：

"在张岗，我上小学，是孙伯伯带去的。"

这可能是在土改期间。那时，我们的工作组驻在张岗，我和小学的校长、教师都很熟。

土改期间，我因为家庭成分，又因为所谓"客里空"问题，在报纸上受过批判，在工作组并不负重要责任，有点像后来的靠边站。土改会议后，我冒着风雪，到了张岗。我先到理发店，把长头发剪了去。理发店胖胖的女老板很是奇怪，不明白我当时剪去这一团烦恼丝的心情。后来我又在集市上，买了一双大草鞋，向房东老大娘要了两块破毡条垫在里面，穿在脚下。每天蹒跚漫步于冰冻泥泞的张岗大街之上，和那里的农民，建立了非常难能可贵的情谊。

农村风俗淳厚，对我并不歧视。同志之间，更没有像后来的所谓划清界限之说。我在张岗的半年时间里，每逢纸厂请客、过集日吃好的，张冠伦同志，总是把我叫去解馋。

现在想来，那时的同志关系，也不过如此。我觉得这样也就可以了，留下的印象是很深的，值得追念的。进城以后，相互之间的印象，就淡漠了。"文化大革命"期间，我们的命运大致相同。他后来死去了。

看到有这么多好同志死去，不知为何，我忽然感慨起来：在那些年月，我没有贴出一张揭发检举老战友的大字报，这要感谢造反派对我的宽容。他们也明白：我足不出户，从我这里确实挖不出什么新的材料。我也不想使自己舒服一些，去向造反派投递那种卖友求荣的小报告，也不曾向我曾经认识的当时非常煊赫的权威、新贵，请求他们的援助与哀怜。我觉得那都是可耻的，没有用处的。

我忍受自己在劫的种种苦难，只是按部就班地写我自己的检查，写得也很少很慢。现在，有些文艺评论家，赞美我在文字上惜墨如金。在当时却不是这样，因为我每天只交一张字大行稀的交代材料，屡遭管理人的大声责骂，并扯着那一页稿纸，当场示众。后来干脆把我单独隔离，面前放一马蹄表，计时索字。

古人说，一死一生，乃见交情。其实，这是不够的。又说，使生者死，死者复生，大家相见，能无愧于心，能不脸红就好了。朋友之道，此似近之。我对朋友，能做到这一点吗？我相信，我的大多数朋友，对我是这样做了。

我曾告诉我的孩子们：

"你们看见了，我因为身体不好，不能去参加朋友们的追悼会。等我死后，人家不来，你们也不要难过。朋友之交，不在形式。"

新近，和《文艺报》的记者谈了一次话，很快就收到一封青年读者来信，责难我不愿回忆和不愿意写"文化大革命"的事，是一种推诿。文章是难以写得周全的，果真是如此吗？我的身体、精神的条件，这位远地的青年，是不能完全了解的。我也想到，对于事物，即使认识相同，因为年纪和当时处境的差异，有些感受和想法，也不会完全相似的。很多老年人，受害最深，但很少接触这一重大主题，我是能够理解的。我也理解，接触这一主题最多的青年同志们的良好用心。

但是，年老者逐渐凋谢，年少者有待成熟，这一历史事件在文学史上的完整而准确的反映，恐怕还需要一段时间吧？

一九八〇年一月三十日夜有所思，凌晨起床写讫

谈 赵 树 理

山西自古以来，就是多才多艺之乡。在八年抗日战争期间，作为敌后的著名抗日根据地，在炮火烽烟中，绽放了一枝奇异的花，就是赵树理的小说创作。

赵树理的小说，以其故事的通俗性，人物性格的鲜明，特别是语言的地方色彩，引起了各个抗日根据地军民的注意。他的几种作品，不胫而走，油印、石印、铅印，很快传播。

抗日战争刚刚结束，我在冀中区读到了他的小说：《小二黑结婚》《李有才板话》和《李家庄的变迁》。

我当即感到，他的小说，突破了前此一直很难解决的，文学大众化的难关。

在他以前，所有文学作者，无不注意通俗传远的问题。"五四"白话文学的革命，是破天荒地向大众化的一次进军。几经转战，进展好像并不太大，文学作品虽然白话了，仍然局限在少数读者的范围里。理论上的不断探讨，好像并不能完全解决大众化的实践问题。

文学作品能不能通俗传远，作家的主观愿望固然是一种动力，但是其他方面的条件，也很重要。多方面的条件具备了，才能实现大众化，主要是现实生活和现实斗争的需要，政治的需要。在这两项条件之外，作家的思想锻炼，生活经历，艺术修养和写作才能，都是缺一不可的必要条件。

我曾默默地循视了一下赵树理的学习、生活和创作的道路。因为和他并不那么熟悉，有些只是以一个同时代人的猜测去进行的。

据王中青的一篇回忆记载：一九二六年赵树理"在长治县山西省立第四师范学校念书。他平易近人，说话幽默，是一个很有风趣的人。他勤奋好学，博览群书，向当时上海左翼作家的作品学习，向民间传统艺术学习。他那时就可谓是一位博学多识，多才多艺的青年文艺作者"。

这段回忆出自赵树理的幼年同学，后来的战友，当然是非常可信的。其中提到的许多史实，都对赵树理以后的创作，有直接的关系。但是，即使赵树理当时已具备这些特点，如果没有遇到抗日战争，没有能与这一伟大历史环境相结合，那么他的前途，他的创作，还是很难预料的。

在学校，他还是一个文艺爱好者，毕业以后，按照当时一般的规律，他可以沉没乡塾，也可以老死户牖。即使他才情卓异，能在文学上有所攀登，可以断言，在创作上的收获，也不会达到我们现在所能看到的高度。

创作上的真正通俗化，真正为劳苦大众所喜见乐闻，并不取决于文学形式上。如果只是那样，这一问题，早已解决了。也不单单取决于文学的题材。如果只是写什么的问题，那也很早就解决了。它也不取决于对文学艺术的见解，所学习的资料。在当时有见识，有修养的人才多得很，但并没有出现赵树理型的小说。

这一作家的陡然兴起，是应大时代的需要产生的，是应运而生，时势造英雄。

当赵树理带着一支破笔，几张破纸，走进抗日的雄伟行列时，他并不是一名作家。他同那些刚放下锄头，参加抗日的广大农民一样，并没有觉得自己有任何特异的地方。他觉得自己能为民族解放献出的，除去应该做的工作，就还有这一支笔。

他是大江巨河中的一支细流，大江推动了细流，汹涌前去。

他的思想，他的所恨所爱，他的希望，只能存在于这一巨流之中，没有任何分散或格格不入之处。

他同身边的战士，周围的群众，休戚与共，亲密无间。

他要写的人物，就在他的眼前，他要讲的故事，就在本街本巷。他要宣传、鼓动，就必须用战士和群众的语言，用他们熟悉的形式，用他们的感情和思想。而这些东西，就在赵树理的头脑里，就在他的笔下。

如果不是这样，作家是不会如此得心应手，唱出了时代要求的歌。

正当一位文艺青年需要用武之地的时候，他遇到了最广大的场所，最丰富的营养，最有利的条件。

是的，每个时代都有它自己的歌手。但是，歌手的时代，有时要成为过去。这一条规律，在中国文学史上，特别显著。

随着抗日战争的胜利，土地改革的胜利，解放战争的胜利，随着全国解放的胜利锣鼓，赵树理离开乡村，进了城市。

全国胜利，是天大的喜事。但对于一个作家来说，问题就不这样简单了。

从山西来到北京，对赵树理来说，就是离开了原来培养他的土壤，被移置到了另一处地方，另一种气候、环境和土壤里。对于花木，柳宗元说："其土欲故"。

他的读者群也变了，不再完全是他的战斗伙伴。

这里对他表示了极大的推崇和尊敬，他被展览在这新解放的，急剧变化的，人物复杂的大城市里。

不管赵树理如何恬淡超脱，在这个经常遇到毁誉交于前，荣辱战于心的新的环境里，他有些不适应。就如同从山地和旷野移到城市来的一些花树,它们当年开放的花朵,颜色就有些暗淡了下来。

政治斗争的形势,也有变化。上层建筑领域,进入了多事之秋,不少人跌落下来。作家是脆弱的,也是敏感的。他兢兢业业,惟恐有什么过失,引来大的灾难。

渐渐也有人对赵树理的作品提出异议。这些批评者,不用现实生活去要求、检验作品,只是用几条杆棒去要求、检验作品。他们主观唯心地反对作家写生活中所有,写他们所知,而责令他们写生活中所无或他们所不知。于是故事越来越假,人物越来越空。他们批评赵树理写的多是落后人物或中间人物。吹捧者欲之升天,批评者欲之入地。对赵树理个人来说,升天入地都不可能。他所实践的现实主义传统,只要求作家创造典型的形象,并不要求写出"高大"的形象。他想起了在抗日根据地工作时,那种无忧无虑,轻松愉快的战斗心情。他经常回到山西,去探望那里的人们。

他的创作迟缓了,拘束了,严密了,慎重了。因此,就多少失去了当年的青春泼辣的力量。

很长时期,他专心致志地去弄说唱文学。赵树理从农村长大,他对于民间艺术是非常爱好,也非常精通的。他根据田间的长诗《赶车传》改编的《石不烂赶车》鼓词,令人看出,他不只对赶车生活知识丰富,对鼓词这一形式,也运用自如。这是赵树理一篇得意的作品。

这一时期,赵树理对于民间文艺形式,热爱到了近于偏执的程度。对于"五四"以后发展起来的各种新的文学形式,他好像有比一比看的想法。这是不必要的。民间形式,只是文学众多形式的一个方面。它是因为长期封建落后,致使我国广大农民,文化不能提高,对城市知识界相对而言的。任何形式都不具有先天的优越性,也不是一成不变,而是要逐步发展,要和其他形式互相吸收、互相推动的。

流传民间的通俗文艺，也型类不一，神形各异。文艺固然应该通俗，但通俗者不一定皆得成为文艺。赵树理中后期的小说，读者一眼看出，渊源于宋人话本及后来的拟话本。作者对形式好像越来越执着，其表现特点为：故事行进缓慢，波澜激动幅度不广，且因过多罗列生活细节，有时近于卖弄生活知识。遂使整个故事铺摊琐碎，有刻而不深的感觉。中国古典小说的白描手法，原非完全如此。

进城不久，是一九五〇年的冬季吧，有一天清晨，赵树理来到了我在天津的狭小的住所。我们是初次见面，谈话的内容，现在完全忘记了，但他留给我的印象是很清楚的。他恂恂如农村老夫子，我认为他是一个典型的农民作家。

因为是同时代，同行业，加上我素来对他很是景仰，他的死亡，使我十分伤感。他是我们这一代的优秀人物。他的作品充满了一个作家对人民的诚实的心。

林彪、"四人帮"当然不会放过他。在林彪、"四人帮"兴妖作怪的那些年月，赵树理在没有理解他们的罪恶阴谋之前，最初一定非常惶惑。在既经理解之后，一定是非常痛恨的。他们不只侮辱了他，也侮辱了他多年来为之歌颂的，我们的党、国家和人民。

天生妖孽，残害生民。在林彪、"四人帮"鼓动起来的腥风血雨之中，人民长期培养和浇灌的这一株花树，凋谢死亡。这是文学艺术的悲剧。

经济、政治、文艺，自古以来，就形成了一种非常固定，非常自然的关系。任何改动其位置，或变乱其关系的企图，对文艺的自然生成，都是一种灾难。

文艺的自然土壤，只能是人民的现实生活和斗争，植根于这种土壤，文艺才能有饱满的生机。使它离开这个土壤，插进多么华贵的瓶子里，对它也只能是伤害。

林彪、"四人帮"这些政治野心家，用实用主义对待文艺。他们一时把文艺捧得太高,过分强调文艺的作用,几乎要和政治,甚至和经济等同起来。历史已经残酷地记载:在他们这样做的时候,常常是为他们在另一个时候,过分贬低文艺,惩罚文艺,甚至屠宰文艺,包藏下祸心。

一九七八年十一月十一日

谈 柳 宗 元

在旧社会,朋友是五伦之一。这方面的道义,古人看得很重。因为人在社会上工作、生活,就有一个人与人的关系问题。这一关系,在决定一个人的工作和生活的成败利钝方面,较之家庭,尤为重要。所以,古往今来,有很多文章、戏曲,记述朋友之道,以教育后人,影响社会。

讲朋友故事的文学作品,在中国有相当大的数量。有些并不是一般人所能做得到的,也是很难学习的。这些故事,常常赋予人物以重大的矛盾冲突,其结局多带有悲剧的性质。有的表面看来,矛盾冲突并不那样严重,只是志同道合,报答知己,比如挂剑摔琴之类。

古代的友道,现在看来,似乎没有阶级性,现在新的概念是同志或战友。

中国古文中有一种文体,叫"诔"。在历代文集中,它占有相当的位置。字典上说,诔就是:哀死而述其行之辞。就是现在的悼念文章,都是生者怀念他的死去的同志的。此体而外,古文中还有悼诗、挽歌、碑文、墓志、行状、吊文、祭文等等。可见,中国文学用之于死人者,在过去实在是分量太大了。

纪念死者,主要是为了教育生者。如果不是这样,过去这些文章,就没有存在的价值了。

唐代韩愈写的《柳宗元墓志铭》，是作家悼念作家的文章。他真实而生动地记述和描写了当时文人相交的一些情况，文章写得很是精辟。在这篇文章里，我初次见到了"落井下石"一词和挤之落井的"挤"字。

"四人帮"把柳宗元拉入法家，我不懂历史，莫名其妙。大概是这些政治暴发户，看上了柳宗元的躁进这一特点吧。但无论如何，柳宗元也不会喜欢他们这种乱拜祖先的做法的。

我很喜欢柳宗元的文章。他的文章都写得很短，包含着很深的人生哲理。这种哲理，不是凭空设想，而是从现实生活中体验得来。我很少见到像他这样把哲理和现实生活，真正形成血肉一体的艺术功力。他还能把自然界、人的日常生活中的现象，和政治思想、社会组织联系起来。就是说，他能用自然规律、生活规律，表达他对政治、对社会的见解和理想。使天人互通，把天道和人道统一起来。他用以表达这样奥秘的道理的手段，却是活生生的，人人习见的现实生活的精细描绘。

例如《河间传》这篇纪事，后人是把它编入外集的，并不是柳文的典范之作。就是这样一篇文章，也充分显示了柳宗元对现实生活的深刻剖析的艺术能力，同时包含了一种可怕的人生几微。

柳宗元是很天真的。他原来是没经过什么挫折，一帆风顺地走上政治舞台的。一旦不幸，他就经不起风浪，表现得非常狼狈。连和他有同样遭遇的苏东坡，也说他不行。一流放到永州，他就丢魂落魄，头也不梳，脸也不洗，浑身泥垢，指甲很长。我没有到过永州，不熟悉那里的自然环境。据他自述：到野外散散步，消消愁闷吧，又怕遇见蛇咬他，又怕遇见大蜂蜇他，还怕水边有一种虫子，能含沙射向他的影子，使他生疮。遇到风景幽静的地方，他又不敢久停，急忙回家。嬉笑之怒，长歌之哀，看来是很有些神经衰弱了。

中国古代谚语：在东方失去的东西，会在西方得到。柳宗元到永州以后，他的生活视野，思想深度，大大扩展加强了。他认真地、系统地读了很多书，他对所闻所见的生活现象、自然景物，反复研究思考，然后加以极其深刻，极其传神的描画。他在这一时期的作品，登峰造极，辉煌地列入中国文学遗产的宝库。

中国封建社会的政治上的流放刑废，使历史上增加了很多伟大的作家。这些人，可能本来就不是政治上的而应该是文学上的大材。王安石论及八司马，有一段话十分透辟。

毕竟文人是很脆弱的。他付出的劳力过重，所经的忧患过深，所处的境遇过苦，在好容易盼到量移柳州之后不久，就死去了，仅仅四十七岁。

柳宗元死后，他的朋友刘禹锡一祭再祭，都有文章。朋友中间，以韩愈名望最重，所以请他写了墓志铭。这些文章，并不能达于幽冥，安慰死者，但流传下来，对于后代研究柳文者，却有知人论世之用。

这一非凡的生命的不正常的终结，当然不是"始以童子有奇名"，后"为名进士"，"以文章称首"的青年时代的柳宗元，所能预料到的。

柳宗元遭遇如此坎坷，是有自己的弱点，确实犯了错误，并非完全是无辜受害，或有功反受害，含冤而死。他自己说："立身一败，万事瓦裂，身残家破，为世大僇。"如果不是假检讨，那么就是"皆自所求取得之，又何怪也！"朋友们也说到他的缺点，韩愈说他"不自贵重"，刘禹锡说他是"疏隽少检"。

仔细想来，柳宗元在当时，对于国家，对于人民，并没有斩将搴旗、争城夺地的功劳。他所遭际的，不过是当时习见的官场失意。再说，司马虽小，但究竟还是官职，他可以携带家口，并有僮仆，还可以买地辟园，傲啸山水，读书作文，垂名后世，可以说是不幸之幸。

我从青年时期，列身战斗的行伍，对于旧的朋友之道，是不大讲求的。后来因为身体不好，不耐烦嚣，平时不好宾客，也很少外出交游。对于同志、战友，也不作过严的要求，以为自己也不一定做得到的事，就不要责备人家。

自从一九七六年，我开始能表达一点真实的情感的时候，我却非常怀念这些年死去的伙伴，想写一点什么来纪念我们过去那一段难得再有的战斗生活。这种感情，强烈而迫切，慨叹而戚怆，但拿起笔来，又茫然不知从何说起。我们习惯于听评书掉泪，替古人担忧，在揭示现实生活方面，其能力和胆量确是有逊于古人了。

一九七八年十二月二十日

老　　屋

今天上午，老樊同志来看我。他是初进城时，《天津日报》的经理。工人出身，为人热情爽朗，对知识分子，能一见如故。我们并非来自一个山头，我从冀中来，他从冀东来，不久他就到湖南去了，相处的时间并不长，但他给我留下了很好的印象。每次他来天津，总是来看望我。记得地震那年，他来了，仓促间，我请他吃了一碗小米粥，算是请了他的客。今天提到这件老事，还同声大笑起来。

我送给他一本新出的书，他很高兴。这也是我的一点世故：工人出身的同志，最看重知识分子送给他书。

我说："我们一块进城的同志，有的死了，有的病了。当然，就目前说，活着的还是比死去的数目大。不过，好像轮到我们这一拨了，我一见那印着黑体字的大白信皮，就害怕。所以送你一本书。留个纪念。"

他说："这比什么纪念都好。也因为这个原因，所以我每次来，一定看望你。"

我说："进城时，我们同在这个院里住，你是管分配房屋的。那时同住的人，现在就剩我一个了。别的人，都搬走了，有的是老人搬走，把房子留给孩子们。现在户主，都是第二代，院里跑的，都是第三代。院子外观有很大的变化，内观也有很大的变化。惟独我这里，还是抱残守缺，不改旧观。不过人老了，屋子也老了。"

老樊笑着说："不错，不错。听说你身体比过去好了，文章比过去写得也多了。"

我说："我知道你是个乐天派，从来不发愁。我管保你能长寿，这从你的眼里就能看出来。"

送走老樊，我环顾了一下这座老屋，却没有什么新的感想，近几年，关于这个大院，我已经不止一次在文章里描写过了。

一九八五年六月十七日

木 棍 儿

崇公道对苏三说:"三条腿走路,总比两条腿走路,省些力气。"此话当真不假。抗日战争期间,我在山地工作近七年,每逢行军,手里总离不开一根棍子,有时是六道木,有时是山桃木。棍子的好处,还在夜间,可作探路之用。那样频繁的夜行军,我得免于跌落山涧,丧身溪流,不能不归功伴随我的那些木棍。

形象是不大雅观的:小小年纪,破衣烂裳,鞋帽不整。左边一个洋瓷碗,右边一个干粮袋,手里一根木棍。如果走在本乡本土的道路上,我心里是会犯些嘀咕的。但那时我是离家千里之外,而从事的是神圣的抗日工作,人皆以我为战士,绝不会把我当成乞儿。

抗战胜利,回到家乡平原,我就把棍子放下了。

棍子作为文学用语,曾是恶称。自我反思:虽爱此物,颂其功能,本身并非棒喝之徒,所以放下它,也无缘歌喉一转,另作梵贝之声。至于他人曾以此物,加于自己的头上,也会长时间念念不忘,不能轻易冰释于怀,形成谅解宽松的心态。乃修行不到之过。

现在老了,旧性不改,还是喜爱一些木棍。儿女所买,友朋所赠,竹、木、藤制,各色手杖,也有好几条了。其实,我还没有到非杖不行,或杖而后起的程度,手里拿着一根木棍,一是当作玩意儿,一是回忆一些远远逝去的生活。

棍子有多条，既是玩意儿，就轮流着拿，以图新鲜。既不问其新老，也不问其质地。现在手里拿的，是一根山荆木棍，上雕小龙头，并非工艺品。

此杖乃时达同志所赠。时达系军人，一九四二年，我回冀中时认识。他那时任冀中七分区作战科长，爱文艺，作一稿投《冀中一日》，为我选用。时达幼年在旧军队干过，后上抗大，分配到我的家乡。官阶不高，派头很大，服装整齐，身后总有一个勤务兵。老伴生前告我：日寇"五一大扫荡"时，一天黄昏，她在场院抱柴，时达骑着一匹高头大马，闯入场院，把一个绿色大褡套推落在地，就急急上马奔驰而去，一句话也没说。褡套里都是书。我妻当天把书埋在地里，连夜把褡套拆了，染成黑色。

时达后来担任空军师长。"文化大革命"时，被林彪诱捕入狱。出狱后流放到长白山。无事可干，他就上山砍柴，选一些木棍，削制成手杖，托人捎到天津，送给王林和我。附言说：这种木棍，寒地所产，质坚而轻，并可暖手，东北老年人多用之。

时达前几年逝世了，讣告来得晚，我连个花圈，也没得送到他的灵前。现在手里，摆弄着他十年前送给我的一根棍子。

一九八六年十月十七日下午，寒流至，
不能外出，作此消遣

附　记：

进城以后，时达曾到天津来过几次：一次，我同王林陪他到干部俱乐部，遇有舞会，他遂下场不出，乐而忘返。我因不会跳，也不愿看，乃先归。此次，我送他日本小磁器数件，还有一幅董寿平画的杏花。据说，他视如珍宝。一次，是我在病中，他陪我到水上公园钓鱼。他不耐那里的寂寞，我劝他先回，他又不好意思。两个

人胡乱玩了一会儿,就一同回来了。最后一次,是"文化大革命"结束,他当了长白山自然保护区的主任,回河南探亲路过。自己已非军人,还是从当地驻军,借了一个长得很漂亮的小孩,当他的勤务兵。到舍下时,天色已晚,我送他到机关招待所,他看了看,嫌设备不好,坚决不住。只好托人给他联系了一处高级招待所,派汽车送去。此次,他给我带来长白山的松子、蘑菇,还有几种不知名的野菜,他都用破布缝制的小袋装好,并附以纸片说明。还送我一袋浮石,即澡堂用的擦脚石。

十月十八日

告　别
——新年试笔

书　籍

我同书籍,即将分离。我虽非英雄,颇有垓下之感,即无可奈何。

这些书,都是在全国解放以后,来到我家的。最初零零碎碎,中间成套成批。有的来自京沪,有的来自苏杭。最初,我囊中羞涩,也曾交臂相失。中间也曾一掷百金,稍有豪气。总之,时历三十余年,我同它们,可称故旧。

十年浩劫,我自顾不暇,无心也无力顾及它们。但它们辗转多处,经受折磨、潮湿、践踏、撞破,终于还是回来了。失去了一些,我有些惋惜,但也不愿再去寻觅它们,因为我失去的东西,比起它们,更多也更重要。

它们回到寒舍以后,我对它们的情感如故。书无分大小、贵贱、古今、新旧,只要是我想保存的,因之也同我共过患难的,一视同仁。洗尘,安置,抚慰,唏嘘,它们大概是已经体味到了。

近几年,又为它们添加了一些新伙伴。当这些新书,进入我的书架,我不再打印章,写名字,只是给它们包裹一层新装,记下到此的岁月。

这是因为，我意识到，我不久就会同它们告别了。我的命运是注定了的。但它们各自的命运，我是不能预知，也不能担保的。

字　　画

我有几张字画，无非是吴、齐、陈的作品，也即近代世俗之所爱，说不上什么稀世的珍品。这些画，是六十年代初，我心血来潮，托陈乔同志在北京代购的，那时他任中国历史博物馆副馆长，据说是带了几位专家到画店选购的，当然是不错的了。去年陈乔来家，还问起这几张画来。我告诉他"文化大革命"时，抄是抄去了，但人家给保存得很好，值得感谢。这些年一直放在柜子里，也不知潮湿了没有，因为我对这些东西，早已经一点兴趣也没有了。陈说：不要糟蹋了，一幅画现在要上千上万啊！我笑了笑。什么东西，一到奇货可居，万人争购之时，我对它的兴趣就索然了。我不大看洛阳纸贵之书，不赴争相参观之地，不信喧嚣一时之论。

当代画家，黄胄同志，送给过我两张毛驴，吴作人同志给我画过一张骆驼，老朋友彦涵给我画了一张朱顶红，是因为我请他向画家们求画，他说，自从批"黑画展"以后，画家们都搁笔不画了，我给你画一张吧。近些年，因为画价昂贵，我也不敢再求人作画，和彦涵的联系也少了。

值得感谢的，是许麟庐同志，他先送我一张芭蕉，"四人帮"倒台以后，又主动给我画了一张螃蟹、酒壶、白菜和菊花。不过那四只螃蟹，形象实在丑恶，肢体分解，八只大腿，画得像一群小雏鸡。上书：孙犁同志，见之大笑。

天津画家刘止庸，给我写了一副对联，虽然词儿高了一些，有些过奖，我还是装裱好了，张挂室内，以答谢他的厚意。

我向字画告别，也就意味着，向这些书画家告别。

瓶　　罐

进城后，我在早市和商场，买了不少旧磁器，其中有一些是日本磁器。可能有些假古董，真古董肯定是没有的。因为经过抄家，经过专家看过，每个瓶底上，都贴有鉴定标签，没有一件是古磁。

不过，有一个青花松竹的磁罐，原是老伴外婆家物，祖辈相传，搬家来天津时，已为叔父家拿去，后来听说我好这些东西，又给我送来了。抄家时，它装着糖，放在橱架上，未被拿走。经我鉴定，虽然无款，至少是一件明磁。可惜盖子早就丢失了。

这些瓶瓶罐罐，除去孩子们糟蹋的以外，尚有两筐，堆放在闲屋里。

字　　帖

原拓只有三希堂。丙寅岁拓，并非最佳之本。然装潢华贵，花梨护板，樟木书箱，似是达官或银行家物。尚有写好的洒金题签，只贴好一张，其余放在箱内。我买来也没来得及贴好，抄家时丢失了。此外原拓，只有张猛龙碑、龙门二十品等数种，其余都是珂罗版。

汉碑、魏碑。我是按照《艺舟双揖》和《广艺舟双揖》介绍购置的，大体齐备。此外有淳化阁帖半套及晋唐小楷若干种。唐隶唐楷及唐人写经若干种。

罗振玉印的书，我很喜欢，当作字帖购买的有：祝京兆法书，水拓鹤铭，世说新书，智永千文，六朝墓志菁华等。以他的六朝墓志，校其他六朝帖，就会发现，因墓志字小形微，造假者多有。

我本来不会写字，近年也为人写了不少，现在很后悔。愿今后一笔一画，规规矩矩，写些楷字，再有人要，就给他这个，以示真相。

他们拿去,会以为是小学生习字,不屑一顾,也就不再来找我了。人本非书家,强写狂乱古怪字体,以邀书家之名;本来写不好文章,强写得稀奇荒诞,以邀作家之名;本来没有什么新见解,故作高深惊人之词,以邀理论家之名,皆不足取。时运一过,随即消亡。一个时代,如果艺术,也允许作假冒充,社会情态,尚可问乎。

印　章

还有印章数枚,且有名家作品。一名章,阳文,钱君匋刻,葛文同志代求,石为青田,白色,马纽。一名章,阴文,金禹民作,陈肇同志代求,石为寿山;一藏书章,大卣作,陈乔同志代求,石为青田,酱色。

近几年,一些青年篆刻爱好者,也为我刻了一些图章。

其实,我除了写字,偶尔打个印,壮壮门面外,在书籍上,是很少盖印了,前面已经提到。古人达观者,用"曾在某斋"等印,其实还有恋恋之意,以为身后,还是会有些影响,这同好在书上用印者,只有五十步之差。不过,也有一点经验。在"文化大革命"时,我有一部《金瓶梅》被抄去,很多人觊觎它,终于是归还了,就是因为每本封面上,都盖有我的名章。印之为物,可小觑乎?

镇　纸

我还有几件镇纸。其中,张志民送我一副人造大理石的,色彩形制很好。柳溪送我一只大理出的,很淡雅。最近杨润身又送我一只,是他的家乡平山做的,很朴厚。

我自己有一副旧玉镇纸,是用六角钱从南市小摊上得到的。每只上刻四个篆字,我认不好。陈乔同志描下来,带回北京,请人辨认。

说是:"不惜寸阴,而惜尺璧"八个字。陈说,不要用了。

其实,我也很少用这些玩意儿,都是放在柜子里。写字时,随便用块木头,压住纸角也就行了。我之珍惜东西,向有乡下佬吝啬之誉。凡所收藏,皆完整如新,如未触手。后人得之,可证我言。所以有眷恋之情,意亦在此。

以上所记,说明我是玩物丧志吗?不好回答。我就是喜爱这些东西,它们陪伴我几十年。一切适情怡性之物,非必在大而华贵也。要在主客默契,时机相当。心情恶劣,虽名山胜水,不能增一分之快,有时反更添愁闷之情。心情寂寞,虽一草一木也可破闷解忧,如获佳侣。我之于以上长物,关系正是如此。现在分别了,不是小别,而是大别,我无动于衷吗?也不好回答。"文化大革命"时,这些东西,被视为"四旧",扫荡无余。近年,又有废除一切旧传统之论,倡言者,追随者,被认为新派人物。后果如何,临别之际,也就顾不得那么许多了。

一九八七年一月七日记

鸡 叫

在这个大杂院里,总是有人养鸡。我可以设想:在我们进城以前,建筑这座宅院的主人吴鼎昌,不会想到养鸡;日本占领时期,驻在这里的特务机关,也不会想到养鸡。

其实,我们接收时,也没有想到养鸡。那时院里的亭台楼阁,山石花木,都保留得很好,每天清晨,传达室的老头,还认真地打扫。

养鸡,我记得是"大跃进"以后的事,那时机关已经不在这里办公,迁往新建的大楼,这里相应地改成了"十三级以上"的干部宿舍。这个特殊规定,只是维持了很短的时间,就被打破了,家数越住越多,人也越来越杂。

但开始养鸡的时候,人家还是不多的,确是一些"负责同志"。这些负责同志,都是来自农村,他们的家属,带来一套农村生活的习惯,养鸡当然是其中的一种。不过,当年养起鸡来,并非习惯使然,而是经济使然。"大跃进",使一个鸡蛋涨价到一元人民币,人们都有些浮肿,需要营养,主妇们就想:养只母鸡,下个蛋吧!

我们家,那时也养鸡,没有喂的,冬天给它们剁白菜帮,春天就给它们煮蒜瓣——这是我那老伴的发明。

总之,养鸡在那一定的历史条件下,是权宜之计。不过终于流传下来了，欲禁不能。就像院里那些煤池子和各式各样的随便搭盖的小屋一样。

过去，每逢"五一"或是"十一"，就会有街道上的人，来禁止养鸡。有一次还很坚决，第一天来通知，有些人家还迟迟不动；第二天就带了刀来，当场宰掉，把死鸡扔在台阶上。这种果断的禁鸡方式，我也只见过这一回。

有鸡就有鸡叫。我现在老了，一个人睡在屋子里，又好失眠，夜里常常听到后边邻居家的鸡叫。人家的鸡养在什么地方，是什么毛色，我都没有留心过，但听这声音，是很熟悉的，很动人的。说白了，我很爱听鸡叫，尤其是夜间的鸡叫。我以为，在这昼夜喧嚣，人海如潮的大城市，能听到这种富有天籁情趣的声音，是难得的享受。

美中不足的是：这里的鸡叫，没有什么准头。这可能是灯光和噪音干扰了它。鸡是司晨的，晨鸡三唱。这三唱的顺序，应是下一点，下三点，下五点。鸡叫三遍，人们就该起床了。

我十二岁的时候，就在外地求学。每逢假期已满，学校开课之日，母亲总是听着窗外的鸡叫。鸡叫头遍，她就起来给我做饭，鸡叫二遍再把我叫醒。待我长大结婚以后，在外地教书做事，她就把这个差事，交给了我的妻子。一直到我长期离开家乡，参加革命。

乡谚云：不图利名，不打早起。我在农村听到的鸡叫，是伴着晨星，伴着寒露，伴着严霜的。伴着父母妻子对我的期望，伴着我自身青春的奋发。

现在听到的鸡叫，只是唤起我对童年的回忆，对逝去的时光和亲人的思念。

彩云流散了，留在记忆里的，仍是彩云。莺歌远去了，留在耳边的还是莺歌。

一九八七年四月五日清明节

黄　叶

又届深秋，黄叶在飘落。我坐在门前有阳光的地方。邻居老李下班回来，望了望我。想说什么，又走过去。但终于转回来，告诉我：一位老朋友，死在马路上了。很久才有人认出来，送到医院，已经没法抢救了。

我听了很难过。这位朋友，是老熟人，老同事。一九四六年，我在河间认识他。

他原是一个乡村教师，爱好文学，在《大公报》文艺版发表过小说。抗战后，先在冀中七分区办油印小报，负责通讯工作。敌人"五一大扫荡"以后，转入地下。白天钻进地道里，点着小油灯，给通讯员写信，夜晚，背上稿件转移。

他长得高大、白净，作风温文，谈吐谨慎。在河间，我们常到野外散步。进城后，在一家报社共事多年。

他喜欢散步。当乡村教师时，黄昏放学以后，他好到田野里散步。抗日期间，夜晚行军，也算是散步吧。现在年老退休，他好到马路上散步，终于跌了一跤，死在马路上。

马路上车水马龙，行人熙熙攘攘，但没有人认识他。不知他来自何方，家在何处，躺了很久，才有一个认识他的人。

那条马路上树木很多,黄叶也在飘落,落在他的身边,落在他的脸上。

他走的路,可以说是很多很长了,他终于死在走路上。这里的路好走呢,还是夜晚行军时的路好走呢?当然是前者。这里既平坦又光明,但他终于跌了一跤。如果他是一个舞场名花,或是时装模特,早就被人认出来了。可惜他只是一个离休老人,普普通通,已经很少有人认识他了。

我很难过。除去悼念他的死,我对他还有一点遗憾。

他当过报社的总编,当过市委的宣传部长,但到老来,他愿意出一本小书——文艺作品。老年人,总是愿意留下一本书。一天黄昏,他带着稿子到我家里,从纸袋里取出一封原已写好的,给我的信。然后慢慢地说:

"我看,还是亲自来一趟。"

这是表示郑重。他要我给他的书,写一篇序言。

我拒绝了。这很出乎他的意料,他的脸沉了下来。

我向他解释说:我正在为写序的事苦恼,也可以说是正在生气。前不久,给一位诗人,也是老朋友,写了一篇序。结果,我那篇序,从已经铸版的刊物上,硬挖下来。而这家刊物,远在福州,是我连夜打电报,请人家这样办的。因为那位诗人,无论如何不要这篇序。

其实,我只是说了说,他写的诗过于雕琢。因此,我已经写了文章声明,不再给人写序了。

对面的老朋友,好像并不理解我的话,拿起书稿,告辞走了。并从此没有来过。

而我那篇声明文章,在上海一家报社,放了很长时间,又把小样,转给了南方一家报社,也放了很久。终于要了回来,在自家报纸发表了。这已经在老朋友告辞之后,所以还是不能挽回这一点点遗憾。

不久,出版那本书的地方,就传出我不近人情,连老朋友的情面都不顾的话。

给人写序,不好。不给人写序,也不好。我心里很别扭。

我终觉是对不起老朋友的。对于他的死,我倍觉难过。

北风很紧,树上的黄叶,已经所剩无几了。太阳转了过去,外面很冷,我掩门回到屋里。

一九八七年十月十九日

朋友的彩笔

老季,是我在土改期间结识的朋友。我把这些已经为数不多的朋友,称作进城以前的朋友,对他们有一种较深的感情。因为虽不能说都共过患难,但还是共过艰苦的。

我在饶阳县某村做土改工作时,常到村里的小学校去玩。老季,我不清楚,他那时在做什么,也好到学校去。他穿着军装、脾气憨厚,像个农民,好写东西,因此接近。

进城以后,他是作家,在几家出版社当过编辑,也经受过政治上的坎坷。

我对他的印象加深,是在"文革"以后。他不断写一些关于我的文章,在征求我的意见时,我总对他说:

"不要写成报告文学,更不要写成小说,不要添枝加叶,不要吹捧。"

老季都同意,态度是很诚实的。但他写出东西来,我一看,总是觉得路子不对头。第一次是他写到我写小说时,我的老伴,如何给我端茶水、送牛奶,如何在夜深时,在我身上加一件衣服。

那时,我们还都没有老,说话没顾忌,我说:"老季,这些情景,你都看见了吗?怎么有这么多的描写呢?那时,我同老伴,并不住在一处，她也没有这种习惯，虽然她对我很有感情。你这些描写，用到电影、戏剧的表演上去，是很合适的。用到我身上，我就觉得别扭，因为我实际上，没有享受过这种福分。"

老季只是笑笑完事，也不反驳。我以为我的劝告会奏效，其实不然。

他不断在报刊上写这类文字，甚至在题为写别人的文章里，也总是写到我，叫人看了以后，不知他到底在写谁。能够叫我心折的，实在不多。另外，大家都老了，我说话，也不能像过去那样直率了。最近一次，我是这样和他谈的："老季，读了你写的关于我的文章，总有这样一种感觉：说它没有根据吧，根据还是有的；说它真实吧，里面又总有一些地方不那么真实。举个例子吧，比如你在日报写的文章，说我在长仕下乡的时候，与一匹马同住一个屋子，其实，是一匹驴。和马同住一个屋子，是在于村的时候。"

"有机会，我可以改正。"老季说。

我说："这不是什么大问题，改不改没有关系，我是告诉你当时真实的情况。"

过了不久，我又在晚报上看到他写的一篇，还是日报上那个内容，故事里讲的还是马，结尾处，马却变作驴。

我叹息一声：这就是老季改过的文章了，还不如不改。这一改，真成了驴唇不对马嘴。

我有些后悔和他谈这些琐事了。

还有，就是他在每篇文章里，都提到我在喝粥，在纵情大笑，并推演到医学上去，说这是我的养生之道。他把稿子投给老年人的刊物。

我能活到现在，难道是因为喝粥？是因为乐观？是因为会养生？这真有天知道了。

老季的一片热心，我是领会的。惟有他这种创作方法，我很不同意。他好像也不认真、仔细地去读我的自述。自己的材料写完了，就用别人谈的材料，道听途说。

就在上面提到的那篇文章里，他还写到：在长仕，我见朋友问尼姑的年纪，就大笑起来。并告诫朋友，尼姑是最忌讳别人问她的年岁的，等等。先不用说，这种作风，非敝人所有，就是这点知识，也是看了他这篇文章才有的，过去并无所知。

前几天，他陪另一位朋友来看我。那天，我想到自己来日无多，这两位朋友，虽也是因时而交，来往至今，实属不易，动了感情。我说的话很多。其中也说到老季写的这种文章，大大小小，重复的，不重复的，都能发出去，不简单。

那位朋友说："老季人缘好。再说，别人也写不出来呀！"

芸斋曰：庸材劣质，忧患余生。蒙新旧友人不弃，每每以如椽之笔，对单薄之躯，施加重彩，以冀流传。稍知人情，理应感奋。然此交友之道也。如论艺术，当更有议。

艺术所重，为真实。真实所存，在细节。无细节之真实，即无整体之真实。今有人，常常忽视细节真实，而侈论"大体真实"，此空谈也，伪说也。

每一时代，有其风尚，人物言论随之。魏晋风度，存于《世说新语》。以后之作，多为模仿，失其精神，强作可人。此无他，非其时代，而强求其人，不可得也。

今春无事，曾作《读〈史记〉记》长文一篇，反复议论此旨，惜季君未曾读，或读之而未得其意也。

我想得到的，只是一幅朴素的，真实的，恰如其分的炭笔素描。

一九九〇年八月二十三日记

记 秀 容

一九四八年春夏两季,我在饶阳县大官亭村,"掌握"土改工作。那时土改已到末期,就是分浮财和动员参军了。我住在贫农团,睡在原是一间油坊,现在是浮财保管室里。也不再吃派饭,这里有几个人的伙食。

村里有一所小学,就在附近。晚上,贫农团开会,就在小学的课室。课室旁边,是教员们的厨房,和女老师的宿舍。

差不多每天晚上,我都要到小学"主持"会议。会议很琐碎,一开就是半夜。我和小学的老师们都熟了,他们知道我也是一个"文化人",对我很亲热,校长尤其老练厚道。

大官亭有集市,每逢集日,老师们改善伙食,校长也总是把我叫去,解解馋。

饭桌就放在小学的院子里。饭也无非是肉菜和馒头。坐下以后,校长总是喊:"秀容,你给孙同志盛一碗!"

秀容是他们中间惟一的女老师。说是老师,其实比学生大不了多少。这位年轻的女老师,一边用甜脆的声音答应着,一边就小心翼翼地端上一碗非常丰富的菜来。校长又加一句:

"大方点,不要羞羞惭惭的。"

秀容很大方，脸都不红一下，微笑着把碗递给我。

有时候，吃完饭还有些余兴，就是由一位老师拉胡琴，我唱两段京戏。

一九四九年，进天津不久，一天中午，我在多伦道一家回民饭馆门口，遇见了秀容。她调来天津，在百货批发站工作，也住多伦道。我告诉她我的地址，第二天上午，她就到报社的小楼上来看我，还带了一包花生米。一直谈到我的大女儿来唤我吃饭，她才走了。

一九六〇年困难期间，我在家里养病，她又带了半斤点心来看我，使我很感动，几乎流下泪来。好像还作过一首诗，现在却找不到，可能是"文化大革命"时烧了。

自从我迁居，离得远了，见面就少了。今年春节，大女儿把她领进屋里。她带了一筒西洋参乳精，说："你喝一点。"

她已经满头白发，牙齿也掉了几个。我问她多大岁数了。她说六十四。我回想进城时，她该是十八岁。她现在家里，看着三个孙女，都是四岁上下。她说：

"她们不打架。我给她们讲故事，念诗。"

她知道我大病初愈，坐了不久，就站起来，要单独和我女儿说话去。

我送她，实际是她扶着我走到门口。

她对我女儿说：

"你父亲年轻时，好唱京戏。进城以后，就从来没听见他唱过。可能是没有我那位同事，给他拉胡琴了。"

关于秀容，认识多年，我总觉得曾经写过她，今天遍查文集，却找不到一个字，不知何故。

一九九五年二月四日上午

悼曾秀苍

前些日子,听法清说老曾病重,我请邹明和田晓明去看望他一次。回来说,还很清醒。今天法清又来,说是昨晚,老曾过去了。

时值冬初,最近已经有三四个老朋友相继过去了。

听到老曾的逝世,我很悲痛,想写几句话。但在房间里转了好久,总觉得没有什么话好说了。他没有给人留下过感人至深或轰轰烈烈的印象。

因为他这个人,不好交际,更不会出风头。你和他说话,他从来不会和你辩论。你和他走路,他总是落在后面。他虽然写了几部很有功力的小说,但在文坛上,并无赫赫之名,也没有报刊登他的照片和吹捧他的文章。他的住所,非常冷落,更形不成什么诱人的沙龙。一些青年男女,甚至可以不知他是何许人也。

但他是我们的一个很好的朋友,我很尊重他的才学、修养和知识。他的字,写得娟秀无比,他的诗,写得委婉,富有风情。他对朋友,有求必应,应必有信,做事认真,一丝不苟。

他自幼家境不好,上了几年中学,就当小学教师,投稿,考入报社当练习生。他是旧社会培养出来的文人,他只相信,收获是耕耘而来。他知道职业的艰难,应尽的职责。他知道吃饭不易,要努力工作。

他的习惯就是工作，为了工作，求取知识。这就是生活。他习惯清苦，并不知道什么叫时髦，什么叫人间的享受。有一次，他把一个用了多年的笔洗送给我，说：

"我还有一个好的，已经换上用了，我也该享受享受了。"

换用一个新笔洗，对他就是享受。

有一次，我送给他两锭旧墨，他马上复信，非常感激，好像受宠若惊。我想：如果他突然得到诺贝尔奖奖金，他就会活不下去了。这种人是不能大富大贵的。

正因为如此，他是安分守己的，按部就班的，不作非分之想的。过去，没有从大锅里捞取稠饭自肥；现在，更不会向国家仓库伸手自富。他做梦也不会以权谋私。

别人看来，他是一个不入时的，微弱渺小的，封闭型的人物。但是，不久就会证明，在编辑出版部门，他能做的，他已经做过的工作，其精确程度，其出色部分，后继不一定有人，或者有人，不一定能够达到。

一九八七年十一月五日下午

记 邹 明

我和邹明,是一九四九年进城以后认识的。《天津日报》,由冀中和冀东两家报纸组成。邹明是冀东来的,他原来给首长当过一段秘书,到报社,分配到副刊科。我从冀中来,是副刊科的副科长。这是我参加革命十多年后,履历表上的第一个官衔。

在旧社会,很重视履历。我记得青年时,在北平市政府工务局,弄到一个书记的职位,消息传到岳父家,曾在外面混过事的岳叔说:"唉!虽然也是个职位,可写在履历上,以后就很难长进了。"

我的妻子,把这句话,原原本本地向我转述了。当时她既不知道什么叫作履历,我也不通世故宦情,根本没往心里去想。

及至晚年,才知道履历的重要。曾有传说,有人对我的级别,发生了疑问,差一点没有定为处级。此时,我的儿子,也已经该是处级了。

我虽然当了副刊科的副科长,心里也根本没有把它当成一个什么官儿。在旧社会,我见过科长,那是很威风的。科长穿的是西装,他下面有两位股长,穿的是绸子长衫。科长到各室视察,谁要是不规矩,比如我对面一位姓方的小职员,正在打瞌睡,科长就可以用皮鞋踢他的桌子。但那是旧衙门,是旧北平市政府的工务局,同时,那里也没有副科长。科长,我也只见过那一次。

既是官职,必有等级。我的上面有:科长、编辑部正副主任、正副总编、正副社长。这还只是在报社,如连上市里,则又有宣传部的处长、部长、文教书记等等。这就像过去北京厂甸卖的大串山里红,即使你也算是这串上的一个吧,也是最下面,最小最干瘪的那一个了。但我当时并未在意。

我这副科长,分管文艺周刊,手下还有一个兵,这就是邹明。他是我的第一个下级,我对他的特殊感情,就可想而知了。

但是除去工作,我很少和他闲谈。他很拘谨,我那时也很忙。我印象里,他是福建人,他父亲晚年得子,从小也很娇惯。后来爱好文学,写一些评论文字,参加了革命。这道路,和我大致是相同的。

他的文章,写得也很拘谨,不开展,出手很慢,后来也就很少写了。他写的东西,我都仔细给他修改。

进城时,他已经有爱人孩子。我记得,我的家眷初来,还是住的他住过的房子。

那是一间楼下临街的,大而无当的房子,好像是一家商店的门脸。我们搬进去时,厕所内粪便堆积,我用了很大力气掏洗,才弄干净。我的老伴见我勇于干这种脏活儿,曾大为惊异。我当时确是为一大家子人,能有个栖身之处,奋力操劳。"文化大革命"时,一些势利小人,编造无耻谰言,以为我一进报社,就享受什么特殊的待遇,是别有用心的。当时我的职位和待遇,比任何一个同类干部都低。对于这一点,我从来不会特别去感激谁,当然也不会去抱怨谁。

关于在一起工作时的一些细节,我都忘记了。可能相互之间,也有过一些不愉快。但邹明一直对我很尊重。在我病了以后,帮过我一些忙。我们家里,也不把他当作外人。当我在外养病三年,回家以后,老伴曾向我说过:她有一次到报社去找邹明,看见他拿着刨子,从木工室出来,她差一点没有哭了。又说:我女儿的朝鲜同学,送了很多鱿鱼，她不会做，都送给邹明了。

等到"文化大革命"开始，她在公共汽车上，碰到邹明，流着泪向他诉说家里的遭遇，邹明却大笑起来，她回来向我表示不解。

我向她解释说：你这是古时所谓妇人之恩，浅薄之见。你在汽车上，和他谈论这些事，他不笑，还能跟着你哭吗？我也有这个经验。一九五三年，我去安国下乡，看望了胡家干娘。她向我诉说了土改以后的生活，我当时也是大笑。后来觉得在老人面前，这样笑不好，可当时也没有别的方式来表示。我想，胡家干娘也会不高兴的。

从我病了以后，邹明的工作，他受"反右"的牵连，他的调离报社，我都不大清楚。"文化大革命"后期，有一次我从干校回来，在报社附近等汽车，邹明看见我，跑过来说了几句话。后来，我搬回多伦道，他还在山西路住，又遇见过几次，我约他到家来，他也总没来过。

"四人帮"倒台以后，报社筹备出文艺双月刊，人手不够。我对当时的总编辑石坚同志说，邹明在师范学院，因为口音，长期不能开课，把他调回来吧！很快他就调来了，实际是刊物的主编。

我有时办事莽撞，有一次回答丁玲的信，写了一句：我们小小的编辑部，于是外人以为我是文艺双月刊的主编。这可能使邹明很为难，每期还送稿子，征求我的意见，我又认为不必要，是负担。等到我明白过来，才在一篇文章中声明：我不是任何刊物的主编，也不是编委。这已经是几年以后了。

在我当选市作协主席后，我还推荐他去当副秘书长。后来，我不愿干了，不久，他也就被免掉了。

"文革"以后，有那么几年，每逢春季，我想到郊区农村转转，邹明他们总是要一辆车，陪我去。有人说我是去观赏桃花，那太风雅了。去了以后，我发见总是惊动区、村干部，又乱照相，也玩不好，大失本意，后来就不愿去了。最后一次，是到邹明下放过的农村去。到那里，村干部大摆宴席，喝起酒来，我不喝酒，也陪坐在炕上，很不自在。临行时,村干部装了三包大米,连司机,送我们每人一包。我严肃地对邹明说,这样不行。结果退了回去,当然弄得大家都不高兴,回来的路上,谁也没有说话。以后就再没有一同出过门。

邹明好看秘籍禁书,进城不久,他就借来了《金瓶梅》。他买的宋人评话八种,包括金主亮荒淫那一篇。他还有这方面的运气,我从街头买了一部《今古奇观》,因是旧书,没有细看就送给他了。他后来对我说,这部书你可错出手了,其中好些篇,是按古本三言二拍排印的,没有删节,非一般版本可比。说时非常得意。前些日子,山东一位青年,寄我一本五角丛书本的中外禁书目录,我也托人带给他了。在我大量买书那些年,有了重本,我总是送他的。

曾有一次,邹明当面怏怏地说我不帮助人。当时,我不明白他指的什么方面,就没有说话。他说的是事实,在一些大问题上,我没有能帮助他。但我也并不因此自责。我的一生,不只不能在大事件上帮助朋友,同样也不能帮助我的儿女,甚至不能自助。因为我一直没有这种能力,并不是因为我没有这种感情。

这些年,我写了东西,自己拿不准,总是请他给看一看。

"老邹,你看行吗?有什么问题吗?"我对他的看文字的能力,是完全信赖的。

他总是说好,没有提过反对的意见。其实,我知道,他对文、对事、对人,意见并不和我完全相同。他所以不提反对意见,是在他的印象里,我可能是个听不进批评的人。这怨自己道德修养不够,不能怪他。有一次,有一篇比较麻烦的作品,我请他看过,又像上面那样问他,他只是沉了沉脸说:"好,这是总结性的!"

我终于不明白,他是赞成,还是反对,最后还是把那篇文章发表了。

另有一次,我几次托他打电话,给北京的一个朋友,要回一篇稿子。我说得很坚决,但就是要不回来,终于使我和那位朋友之间,发生了不愉快。我后来想，他在打电话时，可能变通了我的语气。因为他和那位同志，也是要好的朋友。

邹明喜欢洋玩意，他劝我买过一支派克水笔，在"文革"时，我专门为此挨了一次批斗。我老伴病了，他又给买了一部袖珍收音机，使病人卧床收听。他有机会就兴致勃勃地给我介绍新兴的商品，后来，弄得我总是笑而不答。

邹明除去上班，还要回家做饭，每逢临近做饭时间，他就告辞，我也总是说一句："又该回去做饭了？"

他就不再言语，红着脸走了，很不好意思似的。以后，我就不再说这句话了。

有一家出版社委托他编一本我谈编辑工作的书，在书后，他愿附上他早年写的经过我修改的一篇文章。我劝他留着，以后编到他自己的书里。我总是劝他多写一些文章，他就是不愿动笔，偶尔写一点，文风改进也不大。

他的资历、影响，他对作家的感情和尊重，他在编辑工作上的认真正直，在文艺界得到了承认。大批中青年作家，都是他的朋友。丁玲、舒群、康濯、魏巍，对他都很尊重，评上了高级职称，还得到了全国老编辑荣誉奖。奖品是一个花岗岩大花瓶，足有五公斤重。评委诸公不知如何设计的，既可作为装饰，又可运动手臂，还能显示老年人的沉稳持重。难为市作协的李中，从北京运回三个来，我和万力，各得其一。

邹明病了以后，正值他主编的刊物创刊十周年。他要我写一点意见，我写了。他愿意寄到《人民日报》先登一下，我也同意了。我愿意他病中高兴一下。

自从他病了以后，我长时间心情抑郁，若有所失。回顾四十年交往，虽说不上深交，也算是互相了解的了。他是我最接近的朋友，最亲近的同事。我们之间，初交以淡，后来也没有大起大落的波折变异。他不顺利时，我不在家。"文革"期间，他已不在报社。没有机会面对面地相互进行批判。也没有发现他在别的地方，用别的方式对我进行侮辱攻击。这就是很不容易，值得纪念的了。

我老了，记忆力差，对人对事，也不愿再多用感情。以上所记，杂乱无章，与其说是记朋友，不如说是记我本人。是哀邹明，也是哀我自己。我们的一生，这样短暂，却充满了风雨、冰雹、雷电，经历了哀伤、凄楚、挣扎，看到了那么多的卑鄙、无耻和丑恶，这是一场无可奈何的人生大梦，它的觉醒，常常在眼目临终之时。

我和邹明，都不是强者，而是弱者；不是成功者，而是失败者。我们从哪一方面，都谈不上功成名遂，心满意足。但也不必自叹弗如，怨天尤人。有很多事情，是本身条件和错误所造成。我常对邹明说：我们还是相信命运吧！这样可以减少很多苦恼。邹明不一定同意我的人生观，但他也不反驳我。

我发现，邹明有时确是想匡正我的一些过失；我有时也确是把他当作一位老朋友，知心人，想听听他对我的总的印象和评价。但总是错过这种机会，得不到实现。原因主要在我不能使他免除顾虑。如果邹明从此不能再说话，就成了我终生的一大遗憾。此时此刻，朋友之间，像他这样了解我的人，实在不太多了。

邹明一生，官运也不亨通。我在小汤山养病时，有报社一位老服务员跟随我，他曾对我老伴说：报社很多人，都不喜欢邹明，就是孙犁喜欢他。他的官运不通，可能和他的性格有关，他脾气不好。在报社，第一阶段，混到了文艺部副主任，和我那副科长，差不多。第二阶段，编一本默默无闻，只能销几千份的刊物，直到今年十月一期上，才正式标明他是主编，随后他就病倒了。人不信命，可乎！

邹明好喝酒，饮浓茶，抽劣质烟。到我那里，我给他较好的烟，他总是说：那个没劲儿。显然，烟酒对他的病也都不利。

二三十年代，有那么多的青年，因为爱好文艺，从而走上了革命征途。这是当时社会大潮中的一种壮观景象。为此，不少人曾付出各式各样的代价，有些人也因此在不同程度上误了自身。幸运者少，悲剧者多。我现在想，如果邹明一直给首长当秘书，从那时就弃文从政、从军，虽不一定就位至显要，在精神和物质生活方面，总会比现在更功德圆满一些吧。我之想起这些，是因为也曾有一位首长，要我去给他当秘书，别人先替我回绝了，失去了做官的一次机会，为此常常耿耿于怀的缘故。

现在有的人，就聪明多了。即使已经进入文艺圈的人，也多已弃文从商，或文商结合；或以文沽名，而后从政；或政余弄文，以邀名声。因而文场芜杂，士林斑驳。干预生活，是干预政治的先声；摆脱政治，是醉心政治的烟幕。文艺便日渐商贾化、政客化、青皮化。

邹明比我可能好一些，但也不是一个聪明人。在一些问题上，在生活行动上，有些旧观念。他不会投政治之机，渔时代之利，因此也不会得风气之先。他一直不能成为一个时代的宠儿，耀眼的明星。他常常有点畸零之感，有些消极的想法。然又不甘把时间浪费，总想做些力所能及的事情。考核他几十年所作所为，我以为还都是于国家于人民有益的。但像这种工作方式，特别在目前局势来说，是吃不开的，不受重视的。除去业务，他没有其他野心；自幼家境富裕，也不把金钱看得那么重。他既不能攀援权要以自显，也不屑借重明星以自高。因此，他将永远是默默无闻的，再过些年，也许会被人忘记的。

很多外人，把邹明说成是我的"嫡系"，这当然有些过分。但长期以来，我确把他看作是自己的一个帮手。进入晚年，我还常想，他能够帮助我的孩子们，处理我的后事。现在他的情况如此，我的心情，是不用诉说的。

写于一九八九年十二月十一日

残 瓷 人

这是一个小女孩的白瓷造像。小孩梳两条小辫,只穿一条黄色短裤。她一手捧着一只小鸟,一手往小鸟的嘴中送食,这样两手和小鸟,便连成了一体。

这是我一九五一年,从国外一个小城市买回的工艺品。那时进城不久,我住在一个大院后面,原来是下人住的小屋里,房间里空空,我把它放在从南市旧货摊上买回的一个樟木盒子里。后来,又放进一些也是从旧货摊上买来的小玩意儿,成了我的百宝箱。

有一年,原在冀中的一位老战友来看我。我想起在抗日战争时期,我过封锁线,他是军分区的作战科长,常常派一个侦察员护送我,对我有过好处,一时高兴,就把百宝箱打开,请他挑几件玩意儿。他选了一对日本烧制的小花瓶,当他拿起这个小瓷人的时候,我说:

"这一件不送,我喜欢。"

他就又放下了。为了表示歉意,我送了他一张董寿平的杏花立轴,他高兴极了。

后来,我的东西多了,买了一个玻璃柜,专放瓷器,小瓷人从破木盒升格,也进入里面。"文化大革命",全被当作"四旧"抄走了。其实柜子里,既没有中国古董,更没有外国古董。它不过是一件哄小孩的瓷器,底座上标明定价,十六个卢布。

落实政策,瓷器又发还了。这真是有组织有计划的抄家,东西保存得很好,一件也没有损失,小瓷人也很好。

我已经没有心情再玩弄这些东西,我把它们放在一个稻草编的筐子里。一九七六年大地震,我屋里的瓷器,竟没有受损,几个放在书柜上的瓶子,只是倒在柜顶上,并没有滚落下来。小瓷人在草筐里,更是平安无事。

但地震震裂了屋顶。这是旧式房,天花板的装饰很重,一天夜里下雨,屋漏,一大块天花板的边缘部分,坠落下来,砸倒了草筐,小瓷人的两只手都断了。

我几经大劫,对任何事物,都没有了惋惜心情。但我不愿有残破的东西,放在眼前身边。于是,我找了些胶水,对着阳光,很仔细地把它的断肢修复,包括几片米粒大小的瓷皮,也粘贴好了。这些年,我修整了很多残书,我发现自己在修修补补方面,很有一些天赋。如果不是现在老眼昏花,我真想到国家的文物部门,去谋个差事。

搬家后,我把小瓷人带入新居,放在书案上。不知为什么,我忽然有些伤感了。我的一生,残破印象太多了,残破意识太浓了。大的如"九一八"以后的国土山河的残破,战争年代的城市村庄的残破。"文化大革命"的文化残破,道德残破。个人的故园残破,亲情残破,爱情残破……我想忘记一切。我又把小瓷人放回筐里去了。

司马迁引老子之言:美好者不祥之器。我曾以为是哲学之至道,美学的大纲。这种想法,当然是不完整的,很不健康的。

一九九二年一月三十日下午,大风

寄 光 耀

一

光耀同志：
　　收到你热情的信
　　你我故交
　　每有人从河北来
　　我总要问起你
　　我将牢记你的劝告
　　振作精神
　　不使老友失望
　　祝你保重身体
　　春节快乐

　　　　　　犁　一九九〇年元月十三日晚

二

光耀同志：

  五月十八日信敬悉

  所告情景，深为感动

  老目为之潮湿

  他是诗人，重感情

  你谈到我

  他一定就想到了

  一些故去的同志

  如小川、李季等

  感时伤事

  触景生悲矣

  前几天托艾东捎去小书一册

  藉此，你可知我那十年的经历

  祝

   好

      孙　五月二十五日

  以上，是我用"诗体"，写在明信片上，给徐光耀同志的两封复信。

  他的第一封来信说：他无意中得到了一本《无为集》，从个别篇章中，他有一种不祥的预感。他很"恐怖"，所以给我写信，劝我一定保重，千万不要想不开，使精神崩溃。因为他还把我当作一根精神支柱云云。

  说白了，光耀是怕我身世坎坷，老年孤独，积忧不解，自寻短见。《无为集》销数虽不多，也有数千册，我赠送友人的也有数十本。别人读了，没有看出问题，没有这种顾虑。惟独光耀有这种想法，有这种关怀，这说明光耀对我是有感情的，而且感情甚深。

至于说我是什么精神支柱，这是他对我还不十分了解。我还能做什么支柱？我本身软弱无力，自己都快站立不住了，还能支撑他人？

但光耀是农民出身，是诚实忠厚的，他说的也不会是恭维话，他可能是这么看的，虽然他看错了。

我赶紧给他写了第一张明信片，请他放心。

他的第二封来信说：一次开会，在吃晚饭的时候，他谈起了我。同桌有一位领导同志，眼圈立刻就红了，他不明白是什么原因。我给他写了第二张明信片。

我和光耀相识，是在一九五一年，同团出国期间，相处也不过一个多月。一九六二年，我大病初愈，要回老家看看，路经保定。光耀那时还戴着"帽子"，情况已经缓和，他陪我到保定附近的半亩泉、抱阳山游玩了一番，还给我照了几张相片。第二天，又一同到他的劳动点上，去劳动了半日，是拔旱萝卜。中午在老乡家吃了一顿红薯。下午，在他那间下放的小屋炕头，我俩并肩躺着，说了很长时间的话。天晚了，我回旅馆，他回家去。

交往就是这些。过去，他也没有给我写过信。但我一直认为他是个好人。对他很信任，他对我好像也不见外。

他能关心我的生死，并且一想到我会死去，就感到恐怖。我想，这种人在世界上还不会太多吧？

一九九一年十一月十五日上午记

读书记、书衣文录及文论

耕堂读书记(一)

《庄子》

在初中读《庄子》,是谢老师教课。谢老师讲书,是用清朝注释家的办法。讲一篇课文,他总是抱来一大堆参考书,详详细细把注解写在黑板上,叫我抄录在讲义的顶端。在学校,我读了《逍遥游》《养生主》《马蹄》《胠箧》等篇。

老实说,对于这部书,我直到现在也没有真正读懂。有一时期,很喜欢它的文字。《庄子》一书,被列入中国哲学的经典著作,当然是很深奥的。我不能探其深处,只能探其浅处。

我以为,庄生在写作时,他也是希望人能容易看懂容易接受的。它讲的道理,可能玄妙一些,但还不是韩非子所称的那种"微妙之言"。微妙之言常常是一种似是而非、可东可西的"大言",大言常常是企图欺骗"愚昧"之人的。

像《庄子》这样的书,我以为也是现实主义的。司马迁说它通篇都是寓言。庄子的寓言,现实意义很强烈。当然,它善于夸张,比如写大鸟一飞九万里。但紧接着就写一种小鸟,这种小鸟,"腾跃而上,不过数仞而下","翱翔蓬蒿之间",描写得更加具体,更加生动活泼。因为它有现实生活的依据。因此我们看出，庄子之所以夸张，正是为了表现现实生活中的具体细节。在书中这种例子是很多的。他常常用人们习见的事物，来说明他的哲学思想。这种传统，从庄子到柳宗元，我以为是中国散文的非常重要的传统。

前些日子和一位客人谈话，涉及这方面的问题，简记如下：

客：我看你近来写文章，只谈现实主义，很少谈浪漫主义。

主：是的，我近来不大喜欢谈浪漫主义了。

客：什么原因呢？

主：我以为在文学创作上，我们当前的急务，是恢复几乎失去了的现实主义传统。现实主义是古今中外文学创作的主流，它可以说是浪漫主义的基础。失去了现实主义，还谈什么浪漫主义？前些年，对现实主义有误解，对浪漫主义的误解则尤甚，已经近于歪曲。浪漫主义被当成是说大话，说绝话，说谎话。被当成是上天入地，刀山火海，装疯卖傻。以为这种虚妄的东西越多，就越能构成浪漫主义。因此，发誓赌咒，撒泼骂街也成了浪漫主义不可缺少的东西。

我认为浪漫主义虽是文艺思潮史上的一种流派，作为创作方法，浪漫主义必须以现实主义为根基。浪漫主义是从现实主义的基础上升华出来，没有凭空设想的浪漫主义。海市蜃楼的景象，也得有特定的物质基础，才能出现。

客：我注意到，你在现实主义之上也不加限制词。这是什么道理？

主：我以为没有什么必要，认真去做，效果会是一样的。

我们读书，即使像《庄子》这样的书，也应该首先注意它的现实主义成分，这对从事创作的人，是很有好处的。从事哲学研究的人，着眼点可以不同，但也要注意它所反映的历史生活的真实细节，这才是真正的哲学基础所在。

我现在用的是王先谦的集解本,这是很好的读本。他在序中说:

> 余治此有年,领其要,得二语焉。曰:喜怒哀乐,不入于胸次。窃尝持此,以为卫生之经,而果有益也。

对于这种话,我是不大相信的,至少,很难做到吧!如果庄子本人能够做到这一点,他就不可能写出这样充满喜怒哀乐的文章了。凡是愤世嫉俗之作,都是因为作者对现实感情过深产生的。这一点,与"卫生"是背道而驰的。

这位谢老师,原是新诗闯将,自执教以来,乃沉湎于古籍,对文坛形势现状,非常茫然,多垂询于我辈后生。我当时甚以为怪,现在才悟出一些道理来。

《韩非子》

在读高中一年级的时候,国文老师叫我们每人买了一部扫叶山房石印的王先谦的《韩非子集解》。四册一布套,粉连纸,读起来很醒目,很方便。

老师是清朝的一名举人,在衙门里当了多年幕客。据说,他写的公文很有点名堂。他油印了不少呈文、电稿,给我们作讲义,也有少数他作的诗词。

这位老师教国文,实际很少讲解。在课堂上,他主要是领导着我们阅读。他一边念着,一边说:"点!"念过几句,他又说:"圈!"我们拿着毛笔,跟着他的嘴忙活着。等到圈、点完了,这一篇就算完事。他还要我们背过,期终考试,他总是叫我们默写,这一点非常令人厌恶。我曾有两次拒考,因为期考和每次作文分数平均,我还是可以及格的。但给他留下了不良印象,认为我不可教。后来我在北平流浪时，曾请他介绍职业，他还悻悻然地提起此事，好像我所以失业，是因为当时没有默写的缘故。

其实，他这种教学法，并不高明。我背诵了好久，对于这部《韩非子》，除去记得一些篇名以外，就只记得两句话：其一是："儒以文乱法，而侠以武犯禁。"其二是："色衰爱弛。"

说也奇怪，这两句记得非常牢，假如我明天死去，那就整整记了五十年。

我很喜欢我那一部《韩非子》，不知在哪一次浩劫中丢失了，直到目前，我的藏书中，也没有那么一部读起来方便又便于保存的书。

老师的公文作品，一点印象也没有了，不知他从《韩非子》得到了什么启示。当时《大公报》的社论，例如《明耻教战》《十年生聚，十年教训》等篇，那种文笔，都很带有韩非子的风格。老师也常常选印这种社论，给我们作教材，那时正值九一八事变之后。

老师叫我们圈点完了一篇文章，如果还有些时间，他就从讲坛上走下来，在我们课桌的行间，来回踱步。忽然，他两手用力把绸子长衫往后面一搂，突出大肚子，喊道："山围故国——周遭在啊，潮打空城——寂寞回啊"，声色俱厉，屋瓦为之动摇。如果是现在，一定会引起学生的哄笑，那时师道尊严，我们只是默默地听着。有时也感到悲凉，因为国家正处在危险的境地。

以后，我就没有再读《韩非子》，我喜爱的是完全新的革命的文学作品。

直到前些年，我孤处一室，一本书也没有了，才从一个大学毕业生那里，借来两本国文教材。从中，我抄录了韩非子的《五蠹》全篇和《外储说》断片。

韩非子的散文，时时采用譬喻寓言，助其文势。现实生活的材料，历史地理的材料，随手运用，锋利明快，说理透彻。实在是中国古代散文的奇观，民族文化的宝藏。

我目前手下的《韩非子》，是光绪元年，浙江书局据吴氏影宋乾道本校刻，后附顾广圻《韩非子识误》一册。

曹丕《典论·论文》

除去诗，曹丕的散文，写得也很好。他的《典论》，虽然书带到延安，一次水灾，把书冲到了延河里，与其作者同命运。

司马相如、扬雄的赋，近年念了一些，总是深入不进去。才知道，一门功课，如果在幼年打不下基础，是只能老大徒伤悲的。

在读晋赋的时候，忽然发现陆机的作品，和我很投缘，特别是他的《吊曹孟德文》和《文赋》两篇。

《吊曹孟德文》，我记得鲁迅先生曾两次在文章中引用，可见也是很爱好的。

此文是陆机因为工作之便，得睹魏武的遗令遗物，深有感触而后作。事迹未远而忌讳已无，故能畅所欲言，得为杰作。但这究竟是就事实有所抒发，不足为奇；《文赋》一篇，乃是就一种意识形态而言，并以韵文出之，这就很困难。

中国古代文论，真正涉及创作规律的，除去零篇断简，成本的书就是《文心雕龙》。《文赋》一篇，完全可以与之抗衡。又因为陆机是作家，所以在透彻切实方面，有些地方超过了刘勰。

这篇赋写到了为文之道和为文之法，这包括：作者的立志立意；为文前多方面的修养；对生活的体会感受；对结构的安排和文字的运用；写作时的甘与苦，即顺畅与凝滞，成功与失败。

自古以来，论文之作，或存有私心，所论多成偏见；或从来没有创作，识见又甚卑下，所论多隔靴搔痒之谈，又或本身虽亦创作，并称作家，论文反不能从实际出发，故弄玄虚，如江湖卖药者所为。徒有其名，而无其实。致使后来者得不到正确途径，望洋兴叹，视为畏途。像《文赋》这样切实,从亲身体验得来的文论是很少见的。这种文字,才不是欺人之谈。

前几年,我借人家的书,把这篇赋抄录一过。并把开头一段,请老友陈肇同志书为条幅。后因没有好的裱工,未得张挂。

《颜氏家训》

一九六六年的春夏之交,犹能于南窗之下,摘抄《颜氏家训》,未及想到腥风血雨之袭来也。

我国自古以来的先哲,提到文章,都是要人谨慎从事。他们认为文章是"经国之大业,不朽之盛事",是"轨物范世"的手段,作者应当"慎言检迹"而后行之。

在旧时代,文人都是先背诵这些教导,还有其他一些为人处世的教导,然后才去作文章的。然而许多文人,还是"鲜能以名节自立",不断出乱子,或困顿终生,或身首异处。这是什么道理呢,难道文章一事,带有先天性的病毒,像癌症那样能致人死命吗?

南北朝的颜之推,在他的《家训》里,先说:"自古文人,多陷轻薄:屈原露才扬己,显暴君过;宋玉体貌容冶,见遇俳优";接下去列举了历代每个著名文人的过失、错误、缺点、遭遇。连同以上二人,共三十四人。还批评了五个好写文章的皇帝,说他们"非懿德之君"。他告诫子弟:

> 每尝思之,原其所积,文章之体,标举兴会,发引性灵,使人矜伐。故忽于持操,果于进取。今世文士,此患弥切。一事惬当,一句清巧,神厉九霄,志凌千载,自吟自赏,不觉更有旁人。加以砂砾所伤,惨于矛戟,讽刺之祸,速乎风尘。深宜防虑,以保元吉。

我当时读了，以为他说得很对。文字也朴实可爱，就抄录了下来，以自警并以警别人。

不久，"文化革命"起，笔记本被抄走。我想：造反派看到这一段，见我如此谨小慎微，谦虚警惕，一定不会怪罪。又想，这岂不也是四旧、牛鬼蛇神之言，"元吉"恐怕保不住了。但是，这场"运动"的着眼点，及其终极目的，根本不在你写过什么或是抄过什么。这个笔记本，并未生出是非，后来退还给我了。

林彪说，"损失极小极小，比不上一次瘟疫"。建安时代，曾有一次瘟疫，七子中的"徐、陈、应、刘，一时俱逝"，这见于魏文帝《与元城令吴质书》。他说，"昔年疾疫，亲故多离其灾"，这里的"离"，并不是脱离，而是被网罗上了。

我们遇到的这场瘟疫，当然要大得多，仅按四次文代大会公布的被迫害致死的名单，单是著名诗人、作家、批评家和翻译家，就有四十位！比七子中死去四子，多出十倍，可见人祸有时是要大于天灾了。

这些作家都是国家和人民多年所培养，一代精华，一旦竟无辜死于小人女子唇齿之间，览之无比伤痛。老实说，在这次文代大会山积的文件中，我独对此件感触最深。

魏文帝说："何图数年之间，零落略尽……既痛逝者，行自念也。……所怀万端，时有所虑，乃至通夕不瞑。"

我们能够从这种残忍的事实中，真正得出教训吗？

窃尝思之：社会上各界人士，都会犯错误，都有缺点，人们为什么对"文人无行"，如此津津乐道呢？归结起来：

一、文人常常是韩非子所谓的名誉之人，处于上游之地。司马迁说："下游多谤议。"

二、文人相轻，喜好互相攻讦。

三、文字传播，扩散力强，并能传远。

四、造些文人的谣，其受到报复的危险性，较之其他各界人士，会小得多。

《颜氏家训》以为文人的不幸遭遇，是他们的行为不检的结果，是不可信的。例如他说："阮籍无礼败俗""嵇康凌物凶终"，这都是传闻之词，检查一下历史记载，并非如是。《三国志》记载："籍口不论人过"；同书引《魏氏春秋》："康寓居河内之山阳县，与之游者，未尝见其喜愠之色。"两个人几乎都是谨小慎微的。

但终于得到惨祸，这也是事实。揽古思今，对证林、四之所为，一些文人之陷网罗，堕深渊，除去少数躁进投机者，大多数都不是因为他们的修身有什么问题，而是死于客观的原因，即政治的迫害。

我们的四十位殉难者，难道是他们的道德方面，有什么可以非议之处吗？

"四人帮"未倒之前，苦难之余，也曾默默仿效《颜氏家训》，拟了几条，当然今天看起来，有些不合时宜了：

一、最好不要干这一行。

二、如无他技谋生，则勿求名大利多。

三、生活勿特殊，民食一升，则己食一升；民衣五尺，则己衣五尺。勿启他人嫉妒之心。

总之：直到今日，我以为前面所引《颜氏家训》一段话，还是应该注意的。

一九八〇年一月

耕堂读书记（二）

《三国志·诸葛亮传》

本传与小说，出入较大的，还有诸葛亮。小说和戏剧上的诸葛亮，几百年来在群众中，形成了一个固定的形象，即所谓摇羽毛扇的人物。还影响其他历史小说，几乎各朝各代，在争战交替之时，都有这样一个军师：《封神演义》的姜子牙，《水浒传》的吴用，瓦岗寨起义的徐茂功，明朝开国的刘伯温等等。

诸葛亮在本传里，是一个非常求实的人，是一个实干家。陈寿奉晋朝之命修《三国志》，蜀汉为晋之敌，但他对诸葛亮的评价，我以为还是很客观，实事求是的。他说：

然亮才于治戎为长，奇谋为短。理民之干，优于将略。

综览陈寿所记，诸葛亮的一生，功劳固然很大，失败和无能为力之处也不少。最后的失败主要是客观条件所致。诸葛亮的隆中对策，说孙权，前后出师表，高瞻远瞩，文词质朴，情真意诚，叮咛周至，感动百代，成为名文。他死以后，人民哀其处境艰难，大功未竟，敬仰他鞠躬尽瘁的精神。追思怀念，千古不衰。人民愿意看到他在文学艺术上的形象。但《三国演义》和一些戏剧，把这一人物歪曲了。

最失败的是把诸葛亮写成了一个非凡的人。把他写成了一个未卜先知，甚至能呼风唤雨，嘴里不断念念有词的老道，即鲁迅所说近于妖了。

诸葛亮在《后出师表》中，曾对后主反复说明，世事难以逆料，举出当时很多事例，完全是科学态度。

出现如此大的差距，原因是作者有意识把这样一个人物，塑造得更高大，不知不觉走到反面去了。作者对这一人物性格，并没有认真调查研究，作者的学识见解，都不足以创造这样一个人物形象。正如在《水浒传》里，他写在郓城县当一名书吏的宋江，写得很真实生动，到写当了水浒首领的宋江，他就无能为力了。因为他熟悉一个书吏，着实没有体验过一个水泊首领的生活，甚至见都没有见过。于是只能以主观想象出之。宋江和刘备，如出一辙。和他相反，《西游记》的作者写了猴、猪等怪，完全以写人的笔法出之，因此，猴、猪都具备了完整的性格。写唐僧亦如此，所以唐僧颇具人性。《聊斋志异》写狐鬼，成功之道亦在此点。凡是小说，起步于人生，遂成典型，起步于天上，人物反如纸扎泥塑，生气全无。

群众是喜爱英雄的，群众可以按照自己的形象，创造出一个神，但这个神对他们来说，只能起到安慰的作用。群众有高级的心理、情操，也可能有低级的心理、趣味。人可以有作为人的本能，也可以有来自动物的本能。文学艺术，应该发扬其高级，摈弃其低级，文以载道，给人以高尚的熏陶。创造英雄人物，扬厉高尚情操，是文学艺术的理所当然的职责。

其基础是现实的人和生活。

再现历史英雄人物，不是轻而易举的。作者除去学的修养，还要有识的修养，学识浅薄，如何创造英雄人物？在创作准备上，识力不高，则应辅之以学。如研究历史，考察地理民俗，采集口碑遗迹，像司马迁所做的那样，司马迁写了刘、项那样的英雄人物，全从周密的调查研究入手，然后以白描手法，自然出之。

如果不这样做，那么，创造英雄人物，反倒成了很容易的事。今天，在文学艺术中，假诸葛亮的形象，还是不少的。虽不羽扇纶巾，坐四轮车，但也多是口中念念有词，不断发誓赌咒，一言而天下定的。

一个作者，有几分见识，有多少阅历，就去写同等的生活，同类的人物，虽不成功，离题还不会太远。自己识见很低，又不肯用功学习，努力体验，而热衷于创造出一个为万世师、为天下法的英雄豪杰，就很可能成为俗话说的："画虎不成，反类其犬。"

一九八〇年二月

耕堂读书记(四)

读《史记》记(上)

一

裴骃《史记集解序》：

　　班固有言曰："司马迁据左氏、国语，采世本、战国策，述楚汉春秋，接其后事，讫于天汉。其言秦汉详矣，至于采经摭传，分散数家之事，甚多疏略，或有抵捂。亦其所涉猎者广博，贯穿经传，驰骋古今上下数千载间，斯已勤矣。又其是非颇谬于圣人，论大道则先黄老而后六经，序游侠（耕堂按：索隐以刺客为游侠，非也。）则退处士而进奸雄，述货殖则崇势利而羞贱贫：此其所蔽也。然自刘向、扬雄博极群书，皆称迁有良史之才，服其善序事理，辩而不华，质而不俚，其文直，其事核，不虚美，不隐恶，故谓之实录。"骃以为固之所言，世称其当。

　　耕堂曰：以上，裴骃（裴松之之子）具引班固论司马迁之言，并肯定之。读《史记》前，不可不熟读此段文字，并深味之也。班之所论，不只对司马迁，得其大体，且于文章大旨，可为千古定论矣。短短二百字，说明了以下几个问题：（一）《史记》所依据之古书；（二）《史记》叙事起讫；（三）《史记》详于秦汉，而略于远古；（四）班固所见《史记》缺处；（五）班固总结自刘、扬以来，对《史记》之评价，并发挥己见，即所谓实录之言，为以后史学批评、文学批评，立下了不能改易的准则。

事理本不可分。有什么理，就会叙出什么事；叙什么事，就是为的说明什么理。作家与文章，主观与客观，本是统一体，即无所谓主体、客体。过于强调主体，必使客体失色；同样，过于强调客体，亦必使主体失色。

辩而不华,质而不俚,也是很难做到的,要有多方面的(包括观察、理解、文辞）深厚的修养。因为既辩，就容易流于诡；质，就容易流于俗。辩，是一种感情冲动，易失去理智；文章只求通"俗"哗众，就必然流于俚了。

至于文直、事核、不虚美、不隐恶，就更非一般文人所能做到。因为这常常涉及许多现实问题：作家的荣辱、贫富、显晦，甚至生死大事。所以这样的文章、著述，在历史上就一定成为凤毛麟角，百年或千年不遇的东西了。

奉劝有志于此的同道们，把班固这三十个字，写成座右铭。

希望当代文士们，以这三十个字为尺度，衡量一下自己写的文字：有多少是直的，是可以核实的，是没有虚美的，是没有隐恶的。

然而，这又都是呆话。不直，可立致青紫；不实，可为名人；虚美，可得好处；隐恶，可保平安。反之，则常常不堪设想。班固和司马迁，本身的命运，就证实了这一点。

无论班固之评价司马迁，或裴骃之论述班固，究竟都是后人议论前人，不一定完全切当，前人已无法反驳。班固指出的司马迁的几点"是非",因为时代不同,经验不同,就不一定正确。这就是裴骃所说的:"人心不同,传闻异辞。"

二

班固谓:论大道,则先黄老而后六经。《史记正义》曰:

大道者,皆禀乎自然,不可称道也。道在天地之前,先天地生,不知其名,字之曰道。黄帝老子,遵崇斯道。故太史公论大道,须先黄老而后六经。

耕堂曰:以上,余初不知其所指也。后检夏曾佑《中国古代史》,有《文帝黄老之治》一节,所言不过慈俭宽厚。又有《黄老之疑义》一节,读后乃稍明白。兹引录该节要点如下:

一、汉时与儒术为敌者,莫如黄老。

二、黄老之名,始见《史记》。曾出现多次。

三、《史记》以前,未闻此名。

四、实与黄帝无涉,与老子亦无大关系。

五、司马迁的父亲司马谈,曾学道论于黄生,黄学贵无而又信命,故曰黄老。

六、汉时民间盛行壬禽占验之术,谓之黄帝书。是民间日用之书。黄老学者,即以此等书而合之老子书,别为一种因循诡随之言。

七、汉高、文、景诸帝,皆好黄老术,不喜儒术。以窦太后(景帝之母)为甚,当她听到儒生说黄老之学,不过是"家人言"(即僮隶之言)时,就大怒骂人:"安得司空城旦书乎!"并命令该人下圈刺猪。那时的猪,是可以伤人的。那人得到景帝的暗助,才得没有丧命。

延安整风时,曾传说,知识分子无能为,绑猪猪会跑,杀猪猪会叫。

"文革"时各地干校,多叫文弱书生养猪,闹了不少笑话。看来,自古以来,儒生与猪,就结下了不良因缘。然从另一角度,亦反映肉食者鄙一说之可信。本是讨论学术,当权者可否可决,何至如此恶作剧!

三

夏曾佑还指出:司马迁在自序中引其先人所述六家指要,归本道家,此老学也。

在这段著名的文字中,司马谈以为:阴阳家多忌讳,使人拘而多所畏;儒者博而寡要,劳而少功;墨者俭而难遵;法家严而少恩;名家使人俭而善失真。

而道家能使人精神专一,动合无形,赡足万物。其为术也,因阴阳之大顺,采儒墨之善,撮名法之要,与时迁移,应物变化,立俗施事,无所不宜,指约而易操,事少而功多。

司马迁遵循了以上见解,形成他的主要思想和人生观,这是没有疑义的。他这种黄老思想,当然已经有别于那种民间的占卜书,也有别于窦太后的那种僵化和固执。是思想家的黄老思想,作家的黄老思想。这种思想,必然融化在他的写作之中。

黄老思想,很长时期,贯穿在中国文学创作长河之中。这种思想,较之儒家思想,更为灵活开放一些,也与文学家的生活、遭遇,容易吻合。更容易为作家接受。

耕堂曰:作家必有一种思想,思想之形成,有时为继承传统,有时因生活际遇。际遇形成思想,思想又作用于生活,形成创作。此即所谓天人之际。

人心不同,即思想各异,文人、文章遂有各式各样。然具备自身的思想,为创作的起码条件,具备自身的生活经历,则为另一个基本条件。两相融合、激发,才能成为作品。

然文场之上，亦常出现，既无本身思想，亦无本身生活的人。从历史上看，此等文人，约分数型：有的，呼啸跳跃，实际是喽啰角色。或为大亨助威，或为明星摇旗。有的，以文场为赌场，以文字为赌注，不断在政治宝案上押宝。有时红，有时黑，有时输，有时赢，总的说来，还算有利可图，一般处境不错。但有时，情急眼热，按捺不住，赤膊上阵，把身子也赌上去，就有些冒险了。有的，江湖流氓习气太盛，编故事，造谣言，卖假药，戴着纸糊的桂冠，在街头闹市招摇。有的，身处仕途，利用职权之便，拉几位明星作陪，写些顺水推舟，随波逐流，不痛不痒的文章发表，一脚踏在文艺船上，一脚踏在政治船上，并准备着随时左右跳跃的姿态。此种人，常常一举两得，事半功倍。然都是凑热闹，戏一散，观众也就散了。

四

历代研究《史记》的学者，对班固的论点，也并不是完全同意的。裴骃说："班氏所谓'疏略抵捂'者，依违不悉辩也。"比较含蓄。张守节的《史记正义》，则对班氏进行尖锐反批评，并带有人身攻击的气味。他认为："作史之体，务涉多时；有国之规，备陈臧否；天人地理，咸使该通。"他认为这是司马迁的著述精神。

"班固低之，裴骃引序，亦通人之蔽也。而固作《汉书》，与《史记》同者，五十余卷。谨写《史记》，少加异者，不弱即劣。何更非薄《史记》？乃是后士妄非前贤！又《史记》五十二万六千五百言，叙二千四百一十三年事。《汉书》八十一万言，叙二百二十五年事。司马迁引父致意；班固父修而蔽之，优劣可知矣！"此即有名的"班马优劣论"，多为后人好事者所称引，其实是没有道理的。班固指出的缺点，并非诋毁；多少年写多少字，是因为今古不同、时间有远近，材料有多少造成。并非文章繁简所致。称引先人与否，不能决定作品的优劣。张守节因治《史记》，即大力攻击《汉书》，殆不如裴骃之客观公正矣。

"正义"并时有矛盾。在后面谈到班固指出的这三条缺点时，他又说："此三者，是司马迁不达理也。"使人莫名其妙。

先黄老，上面已经谈过。序游侠，羞贱贫，前人多以为，司马迁所以着意于此，多用感情，是与其身世有关。如遭到不幸，无人相助，家贫不能自赎等等。这都是有道理的，通人情的。但我以为，并非完全是这么回事。司马迁以续《春秋》自任，六艺之中，特重史学。史学之要，存实而已，发微而已。时代所有者，不能忽略；世人不注意，当先有所见，并看出问题。他对游侠、货殖，都看作是社会问题，时代症结。游侠在当时已形成能影响政治的一种势力，从缓解大政治犯季布的案子，即可明显看出。在货殖方面，司马迁详细记录了当时农、工、商各界的生产流通情况，它们之间的关系，以及对政治的影响。都是做了深入调查，经过细心研究，才写出的。两篇列传，都是极其宝贵的历史文献。

耕堂曰：以上所述，可以看出，班固指摘《史记》三点错误，实不足为《史记》病，反彰然表明，实为《史记》之一大特色，一大创造。

各行各业，均有竞争，竞争必有忌妒。学者为了显露自己，不能不评讥前人。如以正道出之，犹不失为学术。如出自不正之心，则与江湖艺人无异矣。

近人为学者，诋毁前人之例甚多，否定前人之风甚炽。并非近人更为沉落不堪，实因外界有多种因素，以诱导之，使之急于求成，急于出名，急于超越。如文化界之分为种种等级，即其一端。特别是作家，也分为一、二、三等，实古今中外所从未闻也。有等级，即有物质待遇、精神待遇之不同，此必助长势利之欲。其竞争手段，亦多为前所未有。结宗派，拉兄弟。推首领，张旗帜。花公家钱，办刊物，出丛书，培养私人势力，以及乱评奖等等。

以上，均于学术无益，甚至与学术无关，亦不能出真正人才。但往往能得到现实好处，为浅见者所热衷。

读《史记》记（中）

一

《太史公自序》：

迁生龙门，耕牧河山之阳。年十岁则诵古文。（耕堂按：包括古文《尚书》《左传》《国语》系本等书。）二十而南游江、淮，上会稽，探禹穴，窥九疑，浮于沅、湘；北涉汶、泗，讲业齐、鲁之都，观孔子之遗风，乡射邹、峄；厄困鄱、薛、彭城，过梁、楚以归。

于是迁仕为郎中，奉使西征巴、蜀以南，南略邛、笮、昆明，还报命。

以上是司马迁自叙幼年生活、读书，以及两次旅行所至地方。这些，都是《史记》一书，创作前的准备，即学识与见闻的准备。自司马迁创读书与旅行相结合，地理与历史相印证，所到一处，考察民风，收集口碑遗简，这一治学之道，学者一直奉为准则，直至清初顾炎武，都是如此去做。

后面接着叙述，他如何受父命、下决心，完成这一历史著作：

"小子不敏，请悉论先人所次旧闻，弗敢阙。"卒三岁而迁为太史令，䌷史记（耕堂按：抽彻旧书故事而次述之、缀集之。）石室金匮之书。

这还是材料准备阶段，共用五年时间。《史记》正式写作，于武帝太初元年。又七年以后，司马迁遭李陵之祸，写作受到很大打击。在反复思考以后，终于继续写下去，完成了这部空前绝后的著作。

当时的汉朝，并不重视学术文化，他这部呕心沥血的著作，也没有人过问。《史记》的第一个读者，是著名的滑稽人物东方朔。东方朔确是一个饱学之士，文辞敏捷。但皇帝也只是倡优畜之，正在过着"隐于朝廷""隐于金马门"的无聊生活。志同道合，司马迁引他为知己，把著作先拿给他看。东方朔的信条是："崛然独立，块然独处；与义相扶，寡偶少徒。"司马迁的信条是："不趋势利，不流世俗。"两个人所以能说到一处。东方朔在司马迁的书上，署上"太史公"三个字。后人遂以《史记》为太史公书。班固说：

> 迁既死，其书稍出。宣帝时，迁外孙平通侯杨恽祖述其书，遂宣布焉。

据司马贞《史记索隐序》，司马迁的《史记》，因为"比于班书，微为古质，故汉晋名贤未知见重"。它的流传，以及研究注释，远远不及班固的《汉书》热闹。很长时间，是不为人知，处境寂寞的。

二

关于司马迁及其《史记》，原始材料很少，研究者只能根据他的自序。班固所为列传，只多《报任安书》一文，其余亦皆袭自序。

耕堂曰：后之论者，以为《史记》一书，乃司马迁发愤之作。然发愤二字，只能用于李陵之祸以后；以前，钦念先人之提命，承继先人之遗业，志立不移，只能说是一种坚持，一种毅力，一种精神。这种精神，遇到意外的打击、挫折，不动摇，不改变，反而加强，这才叫作发愤。发愤著书，这种人生意境，很难说得清楚，惟有近代"苦闷的象征"一词，可略得其仿佛。

凡是一种伟大事业，都必有立志与发愤阶段。立志以后，还要有准备。司马迁的准备，前面已经说过了。

人们都知道，志大才疏，不能完成伟大的事业。但才能二字，并非完全是天地生成，要靠个人努力，和适当的环境。努力和环境，可以发展才能，加强才能。

所谓才能，常常是在一个人完成了一种不平凡的工作之后，别人加给他的评语，而不是在什么也没有做出之时，自己给自己作的预言。自认有才，或自称有才，稍为自重的人，也多是在经过长期努力，在一种事业上，做出一定成绩的时候，才能如此说。

在历史上，才和不幸，和祸，常常联在一起。在文学上，尤其如此。所谓不幸、祸，并非指一般疾病，夭折，甚至也不指天灾；常常是指人祸。即意想所不及，本人及其亲友，均无能为力，不能挽救的一种突然事变，突然遭际。司马迁所遭的李陵之祸，他在《报任安书》中，叙述、描绘的，事前事后的情状，心理，抉择，痛苦，可以说是一个有才之士，在此当头，所能作的，最为典型、最为生动的说明了。

这种不幸，或祸，常常与政治有密切联系，甚至是政治的直接后果。姑不论司马迁在书信前面，列举的西伯以下八个王侯将相，他们之遭祸，完全是政治原因，他们本身就是政治。即后面他所引述的文王以下，七个留有著作的人，其遭祸，也无不直接与政治有关。

司马迁把遭祸与为文，联结成一个从人生到创作的过程，称之为：

> 此人皆意有所郁结，不得通其道，故述往事，思来者。……以舒其愤，思垂空文以自见。

这是一个极端不幸，极端痛苦的过程，是一个极端令人伤感的结论。更不幸的是，这个结论为历史所接受，所承认，所延演，一无止境。

三

《秦始皇本纪》：

丞相李斯曰："五帝不相复，三代不相袭，各以治，非其相反，时变异也。今陛下创大业，建万世之功，固非愚儒所知。且越（耕堂按：博士齐人淳于越）言乃三代之事，何足法也？异时诸侯并争，厚招游学。今天下已定，法令出一，百姓当家则力农工，士则学习法令辟禁。今诸生不师今而学古，以非当世，惑乱黔首。丞相臣斯昧死言：古者天下散乱，莫之能一，是以诸侯并作，语皆道古以害今，饰虚言以乱实，人善其所私学，以非上之所建立。今皇帝并有天下，别黑白而定一尊。私学而相与非法教，人闻令下，则各以其学议之。入则心非，出则巷议，夸主以为名，异取以为高，率群下以造谤。如此弗禁，则主势降乎上，党与成乎下。禁之便。臣请史官非秦记皆烧之。非博士官所职，天下敢有藏诗、书、百家语者，悉诣守、尉杂烧之。有敢偶语诗书者弃市。以古非今者族。吏见知不举者与同罪。令下三十日不烧，黥为城旦。所不去者，医药卜筮种树之书。若欲有学法令，以吏为师。"制曰："可。"

耕堂曰：以上为秦始皇时，李斯著名之建言，焚书坑儒之原始文件。余详录之，以便诵习，加深对这一历史事件的准确印象。李斯说这段话之前，是一位武官称颂始皇的功德，始皇高兴；接着是一位博士，要始皇法效先王，始皇叫李斯发表意见。

这一事件的要害处，为"以古非今"。这事件的发生，是在秦始皇三十四年，即他的晚年，功业大著，志满骄盈之时。他现在所想的，一是巩固他的统治，一是求长生。巩固统治，李斯的主张，往往见效。长生之术，则只有方士，才能帮忙。看来，此次打击的对象是儒，重点是诗书（诗书，也不是全烧掉，博士所职，还可以保存）。但这时的儒生和方士并分不清楚，实际是搅在一起。始皇发怒，以致坑儒，是因为给他求仙药的人（侯生和卢生）逃走了，那入坑的四百六十余人，有多少是真正的儒生，也很难说了。

儒家的言必称尧舜，在孔子本身就处处碰壁，在政治上行不通。但儒家的参政思想很浓，非要试试不可。上述故事，是儒家在政治生活中，和别的"家"（表面看是和法家）的一次冲突较量，一次彻底的大失败。既然并立朝廷，两方发言，机会均等，即为政治斗争。后人引申为知识与政治的矛盾，或学术与政治的矛盾，那就有些夸大了。但这次事件是一个开端，以后的党锢、文字狱、廷杖等等士人的不幸遭遇，都是沿着这条路走下来的。这也算是古有明训吧！

四

政治需要知识和学术，但要求为它服务。历史上从未有过不受政治影响的学术。政治要求行得通见效快的学术。即切合当前利益的学术。也可以说它需要的是有办法的术士，而不是只能空谈的儒生。所以法家、纵横家，容易受到重任。

儒家虽热衷政治，然其言论，多不合时宜，步入这一领域，实在经历了艰难的途径。最初与方士糅杂，后通过外戚，甚至宦竖，才能接近朝廷。其主旨信仰，宣扬仍旧，其进取方式，则不断因时势而变易。既如此，就得随时吸收其他各家的长处，孔孟之道，究竟还留有多少，也就很难说了。所以司马迁论述儒家时，也只承认它的定尊卑，分等级了。

在儒学史上，真正的岩穴之士，是很少见的。有了一些知识，便求它的用途，这是很自然的。儒生在求进上，既然遇到阻力，甚至危险，聪明一些的人，就选择了其他的途径。《史记》写到的有两种人：一是像东方朔那样，身处庙堂，心为处士，虽有学识，绝不冒进，领到一份俸禄，过着平安的日子，别人的挖苦嘲笑，都当耳旁风。另一种则是像叔孙通这样的人。

《叔孙通列传》：

于是叔孙通使征鲁诸生三十余人。鲁有两生不肯行。曰："公所事者且十主，皆面谀以得亲贵。今天下初定，死者未葬，伤者未起，又欲起礼乐。礼乐所由起，积德百年而后可兴也。吾不忍为公所为。公所为不合古，吾不行。公往矣，无污我。"叔孙通笑曰："若真鄙儒也，不知时变！"

当叔孙通替刘邦定好朝仪以后：

于是高帝曰："吾乃今日知为皇帝之贵也。"乃拜叔孙通为太常，赐金五百斤。叔孙通因进曰："诸弟子儒生随臣久矣，与臣共为仪，愿陛下官之。"高帝悉以为郎。叔孙通出，皆以五百斤金赐诸生。诸生乃皆喜曰："叔孙生诚圣人也，知当世之要务！"

司马迁虽然用了极其讽刺的笔法，写了这位儒士诸多不堪的言词和形象，但他对叔孙通总的评价，还是：

希世度务，制礼进退，与时变化，卒为汉家儒宗。"大直若诎，道固委蛇"，盖谓是乎？

这是司马迁,作为伟大历史家的通情达理之言。因为他明白:一个书生,如果要求得生存,有所建树,得到社会的承认,在现实条件下,也只能如此了。他着重点出的,是"与时变化"这四个字。这当然也是他极度感伤的言语。

汉武帝时,听信董仲舒的话,独尊儒术,罢黜百家,并不是儒家学说的胜利,是因为这些儒生,逐渐适应了政治的需要。就是都知道了"当世之要务"。

一九九〇年三月六日

读《史记》记(下)

一

司马迁在写作一篇本纪,或一篇列传时,常常在文后,叙述一下自己对这个地方,或这个人物的亲身见闻。即自己的考察、感受、体验心得,以便和写到的人和事,相互印证,互相发挥,增加正文的感染力量,增加读者的人文、文史方面的知识、兴趣。兹抄录一些如下:

> 余尝西至空桐,北过涿鹿,东渐于海,南浮江淮矣。至长老皆各往往称黄帝、尧、舜之处,风教固殊焉。
>
> 《五帝本纪》

> 太史公曰:诗有之:高山仰止,景行行止,虽不能至,心向往之。余读孔子书,想见其为人。适鲁,观仲尼庙堂、车服、礼器,诸生以时习礼其家。余只回留之不能去云。
>
> 《孔子世家》

> 吾尝过薛，其俗闾里率多暴桀子弟，与邹、鲁殊。问其故，曰："孟尝君招致天下任侠，奸人入薛中盖六万余家矣。"世之传孟尝君好客自喜，名不虚矣。
>
> 《孟尝君列传》

> 太史公曰：吾适北边，自直道归，行观蒙恬所为秦筑长城亭障，堑山堙谷，通直道，固轻百姓力矣。
>
> 《蒙恬列传》

有时是记一些异闻，如：

> 太史公曰：世言荆轲，其称太子丹之命，"天雨粟，马生角"也，太过。又言荆轲伤秦王，皆非也。始公孙季公、董生与夏无且游，具知其事，为余道之如是。
>
> 《刺客列传》

他否定了一些关于燕太子丹和荆轲的传说。而他得到的材料，则是出自曾与夏无且交游过的人。夏无且，大家都知道，就是荆轲刺秦王，殿廷大乱的时候，用药囊投掷荆轲的那位侍医。这样，他的材料，自然就具有很大的权威性。

有时是见景生情，发一些感慨：

> 太史公曰：余读离骚、天问、招魂、哀郢，悲其志。适长沙，观屈原所自沉渊，未尝不垂涕，想见其为人。
>
> 《屈原贾生列传》

> 太史公曰：吾适丰沛，问其遗老，观故萧、曹、樊哙、

滕公之家，及其素，异哉所闻！方其鼓刀屠狗卖缯之时，岂自知附骥之尾，垂名汉廷，德流子孙哉？

《樊郦滕灌列传》

二

对历史事件，司马迁有自己的见解；对历史人物，司马迁常常流露他对这一人物的感情。这种感情的流露，常常在文章结尾处，使读者回肠荡气。这是历史家的评判。但又绝不是以主观好恶，代替客观真实。最明显的例子，是对于刘、项。在《项羽本纪》之末，司马迁流露了对项羽的极深厚的同情，甚至把项羽推崇为舜的后裔。对他的失败，表现了极大的惋惜。但项羽的失败，是历史事实。司马迁又多次写到：项羽虽然尊重读书人，但吝惜官爵；刘邦虽多次侮辱读书人，对封赏很大方，"无耻者亦多归之"，终于胜利。历史著作，除占有材料，实地考察，无疑也是很重要的。司马迁所到之处，都进行探寻访问，这种精神，使他的《史记》，不同凡响。后人修史，就只是坐在屋里整理文字材料了，也就不会再有《史记》这样的文字。

司马迁虽有黄老思想，但在一些伦理、道德问题的判断上，还是儒家的传统。他很尊重孔子，写了《孔子世家》，又写了弟子们的传记。记下了不少孔子的逸事和名言。他也记下了老子、庄子。对韩非子的学说，他心有余痛，详细介绍了《说难》一篇。其中所谓："宽则宠名誉之人，急则用介胄之士。所养非所用，所用非所养。"今日读之，仍觉十分警策。在学术上，他是兼收并蓄的，没有成见的。析六家之长短，综六艺之精华，《史记》的思想内涵，是博大精深的。

耕堂曰：余尝怪：古时文人，为何多同情弱者、不幸者及失败者？盖彼时文人自己，亦处失意不幸之时。如已得意，则必早已脑满肠肥，终日忙于赴宴及向豪门权贵献殷勤去矣！又何暇为文章？即有文章，也必是歌功颂德，应景应时之作了。

三

耕堂曰:《史记》出,而后人称司马迁有史才。然史才,甚难言矣。班固"实录"之论,当然正确,亦是书成后,就书立论,并未就史才形成之基础,作全面叙述。

文才不难得,代代有之。史才则甚难得。自班马以后,所谓正史,已有二十余种,越来部头越大,而其史学价值,则越来越低。这些著述多据朝廷实录,实录非可全信,所需者为笔削之才。自异代修史,成为通例以来,诸史之领衔者,官高爵显;修撰者,济济多士,然能称为史才者,则甚寥寥。因多层编制,多人负责,实已无人负责。褒贬一出于皇命,哪里还谈得上史德、史才!

我以为史才之基础为史德,即史学之良心。良心一词甚抽象,然正如艺术家的良心一词之于艺术,只有它,才能表示出那种认真负责的精神。

司马谈在临死时,告诉儿子:

"今汉兴,海内一统。明主贤君忠臣死义之士,余为太史而弗论载,废天下之史文,余甚惧焉,汝其念哉!"
迁俯首流涕曰:"小子不敏……"

这就是父子两代,史学良心的发现和表露。

用现在的名词说,就是史学的职业道德。这种道德,近年来不知有所淡化否,如有,我们应该把它呼唤回来。

史学道德的第一条,就是求实。第二就是忘我。

写历史,是为了后人,也是为了前人,前人和后人,需要的都是真实两个字。前人,不只好人愿意留下真实的记载和形象;坏人,也希望留下真实的记载和形象。夸大或缩小,都是对历史人物的污蔑,都是作者本身的耻辱。慎哉，不可不察也。

史才的表现，非同文才的表现。它第一要求内容的真实；第二要求文字的简练。史学著作，能否吸引人，是否能传世，高低之分全在这两点。司马贞在《史记索隐后序》中，称赞司马迁："其人好奇而词省，故事核而文微。"事核就是真实；词省、文微，就是简练。

添油加醋，添枝加叶，把一分材料，写成十分，乱加描写，延长叙述，投其所好，取悦当世，把干菜泡成水菜等等办法，只能减少作品的真正分量，降低作者的著述声誉。

至于有意歪曲，着眼势利，那就更是史笔的下流了。

今有所谓纪实文学一说。纪实则为历史，文学即为创作。过去有演义小说，然所据为历史著作，非现实材料。现在把历史与创作混在一起，责其不实，则诡称文学；责其不文，则托言纪实。实顾此失彼，自相矛盾，两不可能也。

所谓忘我，就是忘记名利，忘记利害，忘记好恶，忘记私情。客观表现历史，对人对己，都采取："死后是非乃定"的态度。

当代人写当代事，牵扯太多，实在困难。不完全跳出圈外，就难以写好。沈约《宋书·自序》说：

> 进由时旨，退傍世情，垂之方来，难以取信。事属当时，多非实录。

班固能撰《汉书》，是史学大家。据说他写的"当代史料"，几不可读。这就是刘知几说的："拘于时"的著作，不易写好。

能撰写好前代史传，而撰写不好当代的事，这叫"拘于时"。而司马迁从黄帝写到汉武帝，从古到今，片言只字，人皆以为信史。班固的《汉书》，有半部是抄录《史记》。就不用说，后代史学界对他的仰慕了。这源于他萌发了史学的良心。

四

　　我有暇读了一些当代人所写的史料。其写作动机，为存史实者少，为个人名利者多。道听途说，互相抄袭，以讹传讹，并扩张之。强写伟人、名人，炫耀自己；拉长文章，多换稿费。有的胡编乱造，实是玷污名人。而名人多已年老，或已死去，没有精力，也没有机会，去阅读那些大小报刊，无聊文字，即使看到，也不便或不屑去更正辩驳。如此，这些人就更无忌惮。这还事小，如果以后，真的有人，不明真伪，采作史料，遗害后人，那就造孽太大了。

　　这是我的杞忧。其实，各行各业，都有见要人就巴结，见名人就吹捧的脚色。各行各业，都有靠山吃山，靠水吃水的人。有时是帮忙，多数是帮闲，有时是吹喇叭，有时是敲边鼓。你得意时，他给你脸上搽粉；你失意时，他给你脸上抹黑。

　　但历史如江河，其浪滔滔，必将扫除一切污秽，淘尽一切泥沙。剥去一切伪装，削去一切芜词。黑者自黑，白者自白。伟者自伟，卑者自卑。各行各业，都有玩闹者，也不乏严肃工作的人。历史，将依靠他们的筛选、澄清，显露出各个事件，各个人物本来的面目。

一九九〇年三月九日写讫

读《史记》记（跋）

　　清人有关《史记》之著述甚多，多为读书笔记。最有名者，为王念孙、王引之父子之读书杂志。我有金陵书局刻本。此书，我在中学读书时，谢老师即为介绍，极为推崇。然中学生《史记》原书，尚未读懂，更未全读。此师以己之所好，推及于学生，实无的放矢也。今日读之,兴趣亦寡。序言,略有情致,其他皆个别文字之考证,甚干燥无味。我尚购有王鸣盛、钱大昕、赵翼之著作,皆为中华书局近年排印本。其治学方法与王氏同,亦皆未细读。近人整理的郭嵩焘之史记札记,考据之外,还有些新意。一个时代,有一个时代的治学方法,治学爱好,终生孜孜,流连忘返。这种意趣,后人是难以想象的。此后,鲁迅先生于《史记》研究,颇有新的见解,惜《汉文学史纲要》一书中,论及司马迁者,文字不多。

其实,《史记》有集解、索隐、正义,再加上乾隆四年校刊时之考证,对于读这部书,文义上的理解,文字上的辨认,也就可以了。再多,只能添乱,于读原书,并无多大好处。所以,我读古书,总是采取硬读、反复读的笨法子,以求通解。

我有两种《史记》:一为涵芬楼民国五年影印武英殿本。一为中华书局四部备要本,此本也是据武英殿本排印的,余虑其有误植,故参照影印本。这两种本子,拿放都很轻便,字大清楚,便于老人阅读。

我没有购买中华书局近年标点的本子。我用的本子,都没有断句,更没有标点。此次引文,标点都是我试加的,容有错误。发表前,请张金池同志,逐条参照中华标点本,以求改正。这是很麻烦的事,应当感谢。

我以为:读书应首先得其大旨,即作者之经历及用心。然后,就其文字内容,考察其实学,以及由此而产生之作家风格。我这种主张,不只自用于文学作品,亦自用于史学著作。至于个别字句之考释,乃读书之末节。

黄卷青灯,心参默诵,是我的读书习惯。此次读《史记》,仍旧用这种办法。然而究竟是老了,昨夜读到哪里,今夜已不省记。读时有些心得,稍纵即又忘记。欲再寻觅,必需检书重读,事倍而功半。

但还是读下去,每晚躺在床上,读一卷,或仅读数页。本纪、世家、列传,及卷首卷尾部分,总算粗读一过。其他,实仍未读也。

回忆自初中时，买一部《史记菁华录》，初识此书。时至今日，用功仅仅如此，时间之长，与收获之少，可使人惭愧。读书，读书，一个人的一生，究竟能真正读多少好书，只能自己心中有数了。

至于行文之时，每每涉及当前实况，则为鄙人故习，明知其不可，而不易改变者也。

一九九〇年三月十一日晨记

书 衣 文 录

为书籍的一生

一九七五年八月二十六日下午。今日面部浮肿,并觉不适。午睡起,抽屉内有余纸,遂为此册包装。此书系林间同志介绍所购,以其版本特殊,时常独处,人亦对其不感兴趣,故得存留至今,且颇完整也。

昨日从办公室抱回茄子五枚,小黄瓜二条,用八张报纸裹之,尚恐街头出丑。两手托护之,至家累极。

杜勃洛夫斯基

初读此作在《译文》,甘之如蜜,珍之如璧。旧书已沦劫灰,此情亦如逝水。进城后购得此本,普氏著作,仅存一种。

一九七五年八月二十九日

太平天国史料丛编简辑

一九七五年七月三十日下午,大雨成灾,庭院如潭,家人困处,

我自包书。（第二册）

大雨屋漏，庭院积水，一片汪洋。（第四册）

积水未撤，屋漏，滴水未止。（第六册）

版本通义

昨日大雪，今晨小散来约午饭。余持杖行，马路结冰，行人车辆皆兢兢，而儿童在中间纷乱滑行，或遇小学生持铲破冰，交通益阻塞。余谨步慢行，一小时始至梁家。所陪客皆一九三八年所识，抚今思昔，不胜感慨。归来时，天晴冰化，一路泥水，然往返无失，又证年轻时走步锻炼之有素矣。下午检此书翻阅。

一九七五年一月二十四日晚记

"今日文化"

这是和平环境，这是各色人等，自然就有排挤竞争。人事纷纭，毁誉交至。红帽与黑帽齐飞，赞歌与咒骂迭唱。严霜所加，百花凋零；网罗所向，群鸟声噤。避祸尚恐不及，谁肯自投陷阱？遂至文坛荒芜，成了真正无声的中国。他们把持的文艺，已经不是为工农兵服务，是为少数野心家的政治赌博服务。戏剧只有样板，诗歌专会吹牛，绘图人体变形，歌曲胡叫乱喊。书店无书，售货员袖手睡去。青年无书，大好年光虚度。出版的东西，没人愿看。家家架上无自购之书，唯有机关发放之本。转日破烂回收，重新返回纸厂。如此轮回，空劳人力。

一九七五年三月又记

河海昆仑录

不知何由购此书，当时盖以为古籍也。之琏去新疆，屡欲送之亦未果。今经变动，仍在手头，且颇整洁，念系故旧，仍为装新。

一九七五年三月三十日

鲁迅致增田涉书简

黄秋耘寄赠。鲁迅书简补遗一书，余未购得，金镜生前，曾托其代觅一册，秋耘或忆及此而寄赠，不可定也。金镜已作古，音容渺茫，不得再见矣，掷笔黯然。

一九七五年九月十一日

贯华堂《水浒传》一

此书已成珍本无疑，用数日时间，包装二十四册毕。

一九八五年一月二十三日

此中亦有色情描写，然与当前之色情文学相比，其高明之处自见。大手笔，即写猥亵，亦非炫小才者，所能望及。

同日又记

弘明集（上）

春节疲甚，度新年如渡一难关。今日初四，明日则皆上班矣，可稍安乎？

一九八六年二月二日

兰亭论辩

姜德明寄赠。德明信称：出版社库房爆满，将存书售给花炮作坊。此书只收三角，一杯酸牛奶价，较论斤更为便宜，然非熟人不能得。余复信称：书中每件插图，即可值三角，而插图共有六十五件之多。拿着文化开玩笑，可叹也。

一九八六年三月十日

再谈通俗文学

——致贾平凹同志

平凹同志：

一月四日从北京发来的信，今天上午就收到了，出奇的快。寄一封平信到西安，要十天，挂号则更慢。可见交通之不便了。所以你不来天津，我是完全理解的，并以为措施得当。目前出门，最好不要离开团体，如果不是跑生意，一个人最好不要出门。

上次从西安来信，也收到，曾仔细读过。原以为你能看到我写的关于《腊月·正月》那篇文章，就没有复信。谁知道那篇文章写了已经半年，到现在还没有刊出。不过，我猜想，你在北京可能知道了它的内容，有些话就不在这里重复了。

你到北京去参加了那么隆重的会，是很好的事，这是见世面的机会，不可轻易放过。不过，会开多了也没意思。我只是参加过一次这样的会。

近来，我写了几篇关于通俗文学的文章，也读了一些文学史和古代的通俗小说。和李贯通的通信，不过捎带着提了一下，其实，这种文章，本可以不写，都是背时的。因为总是一个题目，借此还可以温习一些旧书，所以就不恤人言，匆匆发表了。

既然发表了文章，就注意这方面的论点。反对言论不外是：要为通俗文学争一席之地呀；水浒西游也是通俗文学呀；赵树理、老舍都是伟大的通俗文学作家呀。这些言论，与我所谈的，文不对题，所答非所问，毋需反驳。

值得注意的是，凡是时髦文士，当他们要搞点什么名堂的时候，总说他们是代表群众的，他们的行为和主张，是代表民意的。这种话，我听了几十年了。五十年代，有人这样说。六十年代、七十年代，有人还是这样说。好像只有这些人，才是整天把眼睛盯着群众的。

盯着是可以的，问题是你盯着他们，想干什么。

当前的情况是，他们所写的"通俗文学"，既谈不上"文学"，也谈不上"通俗"。不只与水浒西游不沾边，即与过去的《施公案》《彭公案》相比较，也相差很远。就以近代的张恨水而论，现在这些作者，要想写到他那个水平，恐怕还要有一段时间的读书与修辞的涵养。

什么叫通俗？鲁迅在谈到《京本通俗小说》时说："其取材多在近时，或采之他种说部，主在娱心，而杂以惩劝。"

社会上的人心之不同，有如其面。文坛是社会的一部分，作家的心，也是多种多样的。娱心，是文学作品的一种作用，问题是娱什么样的心，和如何的娱法。作品要给什么人看，并要什么样的心，得到娱乐呢？

有的作家自命不凡，不分时间空间，总以为他是站在时代的前面，只有他先知先觉，能感触到群众的心声。这样的作家，虽有时自称为"大作家"，也不要相信他的吹嘘之词。而是要按照上面的原则，仔细看看他的作品。

看过以后，我常常感到失望。这些人在最初，先看了几篇外国小说，比猫画虎地写了几篇所谓"正统小说"，但因为生活底子有限，很快就在作品里掺杂上一些胡编乱造的东西，借一些庸俗的小噱头，去招揽读者。当他们正在处于囊中惭愧之时，忽然小报流行起来，以为柳暗花明之日已到，大有可为之机已临。乃去翻阅一些清末的断烂朝报，民初的小报副刊，把那些腐朽破败的材料，收集起来，用"作家"的笔墨编纂写出，成为新著，标以"通俗文学"之名。读者一时不明真相，为其奇异的标题所吸引，使之大发其财。

其实，读者花几分钱买份小报，也没想从这里欣赏文学，只是想看看他写的那件怪事而已。看过了觉得无聊，慢慢也就厌烦了。

你在信中提到语言问题，这倒是一个严肃的题目。你的语言很好，这是有目共睹的，不是我捧你。你的语言的特色是自然，出于真诚。但语言是一种艺术，除去自然的素质，它还要求修辞。修辞立诚，其目的是使出于自然的语言，更能鲜明准确地表现真诚的情感。你的语言，有时似乎还欠一点修饰。修辞确是一种学问，虽然被一些课本弄得机械死板了。这种学问，只能从古今中外的名著中去体会学习，这你比我更清楚，就不必多谈了。

我这里要谈的是，无论是"通俗文学"或是"正统文学"，语言都是第一要素。什么叫第一要素？这是说，文学由语言组织而成，语言不只是文学的第一义的形式；语言还是衡量、探索作家气质、品质的最敏感的部位，是表明作品的现实主义及其伦理道德内容的血脉之音！

而现在有些"文学作品"，姑不谈其内容的庸俗卑污，单看它的语言，已经远远不能进入文学的规范。有些"名家"的作品，其语言的修养，尚不及一个用功中学生的课卷。抄几句拳经，仿几句杂巴地流氓的腔口，甚至习用十年动乱中的粗野语言，这能称得起通俗文学？

通俗也好，不通俗也好，文学的生命是反映现实。远离现实，不论你有多大瞒天过海之功，哗众取宠之术，终于不得称为文学。

过去，通俗小说有所谓"话本"和"拟话本"。话本产自艺人，多有现实性，而拟话本产自文人，则多虚诞之作，随生随灭，不能永传。现在的一些武侠小说，充其量不过是"拟"而已矣，还不能独立成章。

雪中无事,写了以上这些,不知你平日对此是何看法,有何见解?冒昧言之,希望你和我讨论。

  祝

安好!

孙　犁
一九八五年一月五日

庚午文学杂记（一）

作家与新潮

意识形态，是指的整个社会的意识形态。并不是哪一个人的意识形态。社会意识好了，作家的意识自然跟着好，或者更好。社会意识坏了，就很难要求作家，每一个都是卓异之士，不流凡俗。这是很困难的，很难做到的。就像一个青年作家过去对我说的："你自己没有做到的，怎么能要求我做到？"我们也不是圣贤呀！

我一向认为：考察一个作家，主要是从他的作品来考察。考察一个作家的作品，应该放在当前社会生活中来考察。当前的商品经济，或者说是市场经济，引发产生的个人第一，急功好利的意识，以及灯红酒绿，莺歌燕舞的新潮生活，不能不反映在他们的作品中，也不能不反映在他们的生活方式上。过去，穆时英在上海，就是以专写舞场舞女而出名的。红极一时。

你看得惯也好，看不惯也好，这是现实。现实必然进入文学作品。林琴南看不惯，人家说他是复古派。缪荃荪看不惯，他在一本书的序言里骂道："士皆原伯鲁之子，女效欧罗巴之装。"人家说他是遗老遗少。他们并没有挡住新潮。新潮，不仅挡不住，在历尽沧桑将近百年之后,又重新大盛于中土。现在已经不只是效装了,而是效一切,甚至说话的腔调,眉眼的动作。

青年作家也是华人,在写作和生活上,模拟一下欧美新风,有什么可以大惊小怪的呢?

社会经济结构的变动,各种行业的重新组合,人的素质,也发生了很大变化。在这种情况下,单独要求作家素质的提高,也是不公平的。作家素质的下降,必然导致作品素质的下降。这样,要求出现多少内容高尚的作品,也是不可能的。

作家与文化

现在,无论你住在什么地方,走到什么地方,看到的是做交易,听到的是买卖吃喝声,以及与此有关的人情世态。

社会环境的变化,必然引起文化环境的变化。文化环境对作家的形成,尤关重要。

三十年代,作家的文化环境,是学校用功,图书馆苦读,公寓和流浪生活,贫穷和追求革命。这种例证,可以在《新文学史料》上读到,田涛写的一篇回忆,比较典型。

现在,大学中文系的师资情况,学生生活和读书的情况,和过去大不相同。图书馆的状况,也有变化。尤其是报刊、出版部门,对作家和作品质量的影响,是应该认真研究的。

文化修养,是成为作家的基础,没有很好的文化环境,不认真读点书,是不能成为真正的作家的。

过去,我们曾提倡过工人作家,农民作家,士兵作家。现在看来,有些是昙花一现,热闹一时,难以后继。这还是以阶级衡量一切,代替一切,以为出身好,什么也就可以好的观点造成的。当然农民、工人、士兵都可以写出好的文学作品,但如果要保持下去,要进步,就必须继续打好基础，多读些书，提高自己的文化。

我见过一些农民出身的作家，因为读书少，文化低，而又成名早，背上了一个作家的包袱，妨碍了他们的进步，在创作上，有很大的局限性。

作家成名太早也不好。历史上就屡有明证。所谓神童，所谓天才，都和所谓特异功能一样，靠不住。文学和音乐美术不同。我一向不去吹捧孩子们的写作，那对他们并没有好处。有些家长，过于热衷于此，我觉得可以三思。

大器晚成这句话，是有道理的。但文学创作，又不完全是这么回事。如果少年、青年时期，没有在这方面做过努力，等到中年、老年，再拿起笔来，也是很难有成就的。创作，是需要青春的火力的。是需要持续进行的。成绩和才能，是与日俱增的。

文学创作，生活的积累，和技艺的提高，需要同步进行。这种配合，当然每个人不完全相同，但其规律，大体上是一致的。

读书，也是少年、青年时，效果最好，能够终身享用。有些人，因为成名早，忙着去写作，等到觉悟到，自己的文化不够用，已经进入中年，再去补课，收益就小了。但觉悟到这一点，总比一直不觉悟，把作品不受欢迎的原因，完全推到外界的人，好一些。

作家与道德

文章穷而后工。作家不能贪图大富大贵。鲁迅引用外国人的话说：创作如果要丰收，最好的办法，是使作家多受苦。生活太幸福，就没有花儿开放，也没有鸟儿歌唱了。

达官、贵人、富商、大贾，都不会成为作家。但如果他们失败了，还是可以写出好作品的。

过去和现在，都有人说，创作是不满足的补偿，是不幸的发泄，是忧患之歌，希望之歌。历来文章，多愁怨悲苦之辞。创作本身，对作家来说，是一种追求，一种解脱，一种梦幻。

但是，个人的愤世嫉俗，是一种狭隘的感情。孟子曰："伯夷隘。"隘就是狭隘。对历史上的卓异之士，做如此严格的批评，孟子自有其宏观的理解。

人生与文学，有时是祸福相倚的。人在写作之时，不要只想到自己，也应该想到别人，想到大多数人，想到时代。因为，个人的幸与不幸，总和时代有关。同时，也和多数人的处境有关。

多想到时代，多想到旁人，可以使作家的眼界和心界放得宽广。

最近，有个中年作家，在给我的信中说："尔今文坛，除了执着于'为人生的艺术'者外，文学掮客、文倒儿、文氓、混混儿、新贵……杂陈着各种角色。"

这是商品经济迅速发展，带来的文坛结构新变化。过去，在政治的严格要求下，作家这一行业，还是比较单纯的，也可以说是比较封闭的，"死"的。现在一切都活了，就必然像其他生活领域一样，什么乌七八糟的东西，都出来了。

这些角色的出现，文坛表面是活跃起来了。但对于文学事业（现在很少有人这样提了）是否有利，则很难说。就是在旧社会，这些人物，也是吃不开的，会受到谴责，为真正的文学工作者所不齿的。

三十年代，上海文场有个曾今可，此人家中有些钱，是个少爷，也会写些文章，并没有做过什么了不起的坏事。就是因为没有什么真本事，写作又不大严肃，在文坛上就站不住脚，知难而退。今天看来，还算是正经的念书人。"尔今"的角色们，是很难与他相比了。

在旧社会，各行各业，还都有个"行规"，行业道德。多么恶劣的人，在行为上，也要有些顾忌。目前是在混乱中，没有标准是非。或者说，还没有形成"新"的标准是非。

商品经济，使文化领域，变成了市场。这就是说，市场上有什么，文化界也就有什么。以上那位来信者，所列举的文学界诸多角色，目前已经在各个大城市，甚至乡村城镇，屡见不鲜。

作家与经济

如果说，前一阶段，文艺界的"不正之风"，还不过是受"四人帮"的影响，有些本来就是小喽啰的人，在那里呼朋引类，投靠一个，拉来几个，把持一个团体，或是一家刊物。其表现形式，也不过是封建把头和小兄弟的规模，是政治性质的，而非经济性质的。

现在则有了突破性的变化。一些不逞之徒，从捞政治油水，一变而为追求经济实惠。这一改变，还真是大有可为，不到几年，使这些人面貌一新。掌握一个文艺团体，或是一家文学期刊，就是掌握了一个小金柜。小弟兄们干活儿，都两只眼睛盯着它。"繁荣创作"，是为了增加小金柜的"投入"。写作为的是金钱，编辑为的是金钱，出版也为的是金钱。文艺工作的关系，一下变成了金钱的关系。变成了交易所，变成了市场。

市场经济，越搞越活。新的角色，应运而生。过去的把头，变成了掌柜，小弟兄，变成了伙计。其收入，其气派，其手段，还真有可观。男女大亨们，都已经是满身珠光宝气了。

有些白发苍苍，手拿拐杖，或叫人搀扶的老文艺战士，还在那里开会，写文章，梦想使"作家"们，回归到四十年代或五十年代，那种规规矩矩，青衣小帽，舍己奉公，忘我工作的样子，看来是很难了。

希　　望

当然，什么事情，也不能过于悲观。我们的文学事业，也是无数先烈，长期奋斗，甚至流血牺牲，创造出来的。它有坚固的，悠久的，为人生而创作的传统。它还是生机勃勃，充满希望的。有着优秀文化传统的人民，还是需要真正的文学，高尚的文学的。而多数严肃的、正直的作家，还是执着于为人生进步、人生幸福的艺术，孜孜不倦地工作着。

广大的，有见识的读者，他们的爱憎，他们的取舍，最终可以决定文学创作的趋向。他们的书架上，总是希望陈列着有人生价值，也有艺术价值的书籍。他们要读的，终归还是那些能带引他们进入文明和道德的精神境界的作品。

那些惟利是图，惟洋人的马首是瞻的人，他们所写的，所提倡的，那些最终要把我们的人民，引向没落、消沉、荒淫和失去自信的文字，终归要受到历史的谴责。

一九九〇年十月二十七日改讫

庚午文学杂记（二）

大　奖

很久不看小说了，究竟是什么原因，也说不清楚。反正国外大奖或国内大奖的获奖小说，也引不起兴趣。国外大奖，例如诺贝尔，在青年时，就没有注意过。那时的导师们，谁也没有叫青年人，去读获奖者的小说。相反，例如赛珍珠的小说，在当时国内，是得不到佳评的，我们相信鲁迅的话，他认为那个大奖并非公平，是以他们的好恶为标准的。最大的好恶标准是什么？当然是政治。

现在青年人这样崇拜这个奖，我看是被那个诱人的名利震惊了。但如果以通读得奖作品大全，作为登上宝座的阶梯，这就像科举时代，以制义大全为圭臬一样，会在考场失意的。

至于国内大奖，也不一定就那么公平，也不一定就没有当时的好恶。我说当时，是因为每届和每届，好恶并不一定相同，是时常随政治发生变化的。

评定文学作品，最可靠的方法，一是看它的普遍性，二是看它的永久性。得奖与否，并非重要。

评 论

我不愿看小说的另一个原因，恐怕和我不愿再写文学评论有关。我已经有很长时间，不谈论当前的小说创作了。

一个人和一个国家一样，总在不断地总结经验教训。最初，因为接受了一次教训，我发表了一次声明，不再给别人的书写序。后来，有一位朋友对我说："你那个声明，发表得太及时了，不然这几年再给人家写序，就更难应付了。"

不写序了，有时碍于情面，我还写一点读后感。不久，就又感到这也并非易事。人家叫我写书评，是为了帮他推销书。如果我在文章中略有违迕，其使作者不快，与写序同。好，不写了。但朋友还是很热情，把书稿寄来征求意见。写封信吧，不久又发现，写信如果说实话，照样可以得罪朋友。

有一位老朋友，写了一部长篇小说，把打印稿寄来，信写得很热情。我放下自己的活计，昼夜赶读，然后写信，一一列出我的看法。其中主要是谈缺点。现在能记得的有两条：一条是说，小说每节结尾，形式类似，应有变化。一条是说，书中引用当地民间传说，有的没意思，有的应充实完整。信去无音讯，后来一个文学刊物要讨论这部小说，主编征求我的意见，我说已写信给作者，主编去找作者，作者说，那封信，已经找不到了，内容也不记得了。

后来，这部小说得了大奖。作者寄我一部，我也没有再看，不知道我那意见，到底被采纳了没有。从此，再有准备参赛的作品叫我看，或叫我在赛前写评论，我都婉谢了。

给中年作家提意见，就更应该慎重。不要看当面恭维你。如果你实话实说，效果就会糟糕得很。因为他在文坛上，已经取得了一定的地位。

基于以上种种经验，现在，我已经很少正面给人家的作品提意见了。不得已,也只是写封短信:大作收到了,正在拜读,如有什么意见,定当及时奉告。实际上,是从此就没有下文。这是为了,既不冒犯朋友,也不违反天良。

新　　星

鼓励鼓励青年人,不会有错吧。也有经验。如果这个青年人还在窝里,你说什么也没关系,你只要在文章中提提他的名字,他也会很感激。就怕出飞儿,一遨游天空,鹏举万里,就会和你断了线。好在这并非恋爱,断就断了吧。问题是还有别的牵连。

当这个年轻人还没有出名的时候,他周围的人们,对他并没有表现出多大的关心。当他一旦升到天空,才把他周围的人们的眼睛照亮。于是锣鼓喧天,鞭炮齐鸣,庆贺这位造福一方的天才出现。请注意,在这个时刻,无论星球或地下的人们,谁也不会想到区区。这当然也没有什么关系。但当星球的运行,一旦出现一些偏差,或光彩在人们眼中,稍显暗淡的时候。他那周围的人们,就会嫁祸于人,说:

"这都是某某人惯的他(她)!"

冤枉啊,冤枉!

众所周知,我只是在他(她)没有出名的时候,读过他一些作品,说了一些鼓励的话。他成名以后,就断了线,轰动得奖之作,都没有读过。其中有什么倾向,有什么问题,与我丝毫无干。即使有什么错误,你们应该写文章批评,或去问那些对以上作品,做过吹捧的人。这些人就在你们附近。我这里挨不上边。

不惩后而惩前,既舍近又求远,我为诸公不取。

流　派

确实，我在文章里写过："我是一个低栏，我高兴地看到，你从我这里跳过去了。"也说过："我也写过女孩子们，我哪里有你写得好！"这些话。但是小满儿说过：话有百说百解。我虽然出自衷心的喜悦，但别人看了，并不一定就受感染，也随之感到喜悦。因为低栏，也是一种障碍，总不如飞机跑道那样平滑，任人驰骋。再说，人家要跳的，不是低栏，而是高栏！已经和你分道扬镳了。

你写的女孩子，是什么年代？什么意识？人家写的女孩子，又是什么年代？什么意识？你是什么创作方法，人家又是什么创作方法；早已经把你"发展"了。这样一来，我的好意，或者说我的吹捧，在不少人那里，引起的就不是快感，而是反感了。

其实，所谓流派，所谓发展，都是理论家的话语。理论家总是一阵子高兴说这个，又一阵子高兴说那个的。我们无妨查阅一下，近几十年的报刊，你就会发见：在同一个文艺问题上，甚至在同一个理论家的笔下，翻过多少次跟头了。文坛上的杂技现象，古今中外，并不少见。

说来说去，他们究竟说出了多少新鲜道理？对创作起到了什么积极作用？他们不断发表意见，不过是为了继续保持他们那理论家的地位，也就是一种"领导"地位。

方法不同了，何必又谈流派？已经分道了，何必又拉在一起？思想、志趣已经不同，流派即已各异，分开说不更为直截了当吗？但有时，还必须把区区拉上，作为陪衬。

其实，我对一些青年作家的关系，不过是沿袭中国文坛的习惯，或者说是常规。并没有什么新的内容。编刊物时，发表了他们几篇稿子；待他们出书时，应约给他们写过一篇序言。再多，有人带他们到家里来,随便谈了谈。都很简单。既谈不上恩,也谈不上怨。

应该补充的是,当他们随着走红,也蒙受一些流言蜚语的时候,那些最初带引他们来舍下的人,也背地或当面责备我。我极不愿意听这些话,我最不喜欢在我面前,议论别人家的私事。我也从不示弱,我说:"就是有这些事,我看也不算什么。在当前的社会生活里,他(她)的所作所为,并不过分。"这真可以说是"惯"了。

一九九〇年十月

读 画 论 记

一、引

六十年代中期，我买了一些美术方面的书。其中包括《画论丛刊》上下两册，《历代名画记》《图画见闻志》《宣和画谱》《石涛画语录》《画鉴》等。以上，都是人民美术出版社整理出版的，有的还加了译注。

另外，我从外地邮购一部余绍宋编的《画法要录》，系中华书局解放前聚珍版，线装两函，书印得很大方。上函讲山水，下函讲人物及其他。

大病之后，身体虚弱，找出一些论画的书来读，既不费脑筋，又像鉴赏字画一样，怡乐心神，我以为是最合适不过的了。

二、《画法要录》

最先读的是余绍宋的《画法要录》。第一函，共四册，居然逐字逐句地读完了。他是辑录前人论画的言论，依次叙列，上函所引书目，近八十种，多切实可信之说。余氏自撰序例三十四则，冠于书首，非常精辟，说明其撰述宗旨。

余绍宋不是空头理论家，他参加过陈师曾等人组织的画社。他还著有《书画书录解题》一书，对中国美术遗产，研究颇深。

此人不尚新奇，不务空谈。如其序例第六所言：

> 吾国画学，固以不落迹象为高，然必先从规矩入手，而循至于不落迹象，乃为可贵。王安节云：有法之极，归于无法，斯言得之。

艺术规律相通，绘画如此，文学亦如此。未有文字不讲规矩，而可能成为"作家"，甚至成为"名家"者。世界上如有这等人出现，一定是自欺欺人之辈。

书前有林志钧序，写得也不错，是余氏的友人。写序时，正值国家多难垂危之期，尤可感慨。

书上旧有蕉鹿轩藏书印，不知系何人藏书。书为粉连纸印，颇新，当时定价仅四元。此书，民国十九年二月初版，二十年八月再版，亦可谓畅销之书矣。

余见真迹甚少，尤不习绘事，然读此书，津津有味者，以其所论，多与文学创作有关。张彦远《法书要录》，历代以为切实可信。余对此书，亦如此观。

艺术不能不创新，亦不能不借鉴新。不然墨守成规，谈何创造。但创新非务新奇，以新奇为招徕，为冠冕。

清方薰《山静居画论》称：东坡常谓好奇务新，乃诗之病，画岂不然。

东坡的诗，难道没有创新？何以又反对新奇？原因在于，这是有成就的大家，在多方借鉴，勤苦实践之余，对一些避难就易，哗众取宠之徒的一种婉言劝告。而新潮戏弄者，反以此，反击老一辈为顽固,为嫉妒,则对先辈之谆谆善意,大为误解。

此书序例十一曰:

> 画学衰微,至今日而极矣。以狂怪狞恶为有气魄,以涂脂抹粉为美观。市井喜之,上海派提倡之,日本之浅识者附和之。动开画会,自标声价,耳食者震之,辄为所惑。于是后生小子,羡其易致富裕而博浮名也,竞趋而师事之。习俗如斯,谁复肯细研画理之精微?谁复肯推究古人之绪论?甚且以为历来巨迹亦不足师,就易舍难,急于自表,而画道遂不可问矣!

真是开卷有益。今日报刊之热题:文学为何走入低谷?作家为何不值一文?阅读这段六十年前的精彩之词,细而思之,所有困惑,不是都迎刃而解,拨开云雾,得见一片蓝天了吗?

人要自趋下流,别人是挽救不了的。艺术家亦然。有些人是"作法自毙",也不值得同情。

三、《画论丛刊》

余绍宋的书,还没有读完,就想起了于安澜所辑《画论丛刊》。于是,把人民美术出版社出版的几本书找出来,好在它们都捆在一起。

于先生这部书,分为上下两集。前有余绍宋和郑午昌手书制版的序。

这部书,据例略所言,专收画法画理之作;不收叙述源流,品第鉴别之著。所收又分为总论及专论二类。编前冠以作者事略,并辑录有关资料,如《四库全书总目提要》及《书画书录解题》等。

此书于解放前,曾由中华书局印行一次。一九五八年,由作者重校再印。此丛书,选书精当,眉目清楚,校印审慎,颇便阅读,余甚喜之。

夫画论一题,甚难言矣。余绍宋称:

> 昔人论画,每不屑作明显之语,最喜高谈神妙。不曰艺进于道,即曰妙入化机,甚且有涉于禅理及太极阴阳者,几使读者忘其为论画之书。非惟不适于实用,亦与画家萧散之旨有违。
>
> 又多偏重文章,往往有极浅显之理,数语即可了澈者,因重词华,反成艰涩。

论画很少平实讲解,因之亦少发明。此不必远求,即如本书郑午昌先生序,所谈法理一段,就很像佛经一样,即便"静参",也难明了。理论家之这一习惯,不分绘画、文学,根深蒂固,没有大智大勇,很难逃出这个圈子。

近年文论,只有两途,一为吹捧,肉麻不以为耻;一为制造文词,制造主义,牵强附会,不知究竟。余一生读书,颇受此等文字之苦,故晚年宁听村妇村夫之直言,不愿读文艺理论家之呓语。

玄奥无稽之谈,多出自著录题跋者之手,至于画家本身文字,则较为切实。因其从实践经验出发,不会有以上凭空设想之病。丛刊所收,多画家自述。

例如"意在笔先"一语,这本是画家经验之谈,无关玄理,且为一切艺术实践之普遍规律,可施之于文学、音乐、舞蹈、戏剧。然一经理论家玄化,则使人不易理解。

再例如"远山无皴,远水无波,远人无目"之说,也是画家经验的积累,很可宝贵,而有些人以其言语通俗,好懂好记,贬之为工匠口诀。其实古代名家,多出自工匠。他们为使人易记易解,常把文字口诀化。

其实，有些真正的画家，对一些玄禅之谈，颇有微词。清恽寿平说：

> 宋人谓能到古人不用心处；又曰写意画，两语最微，而又最能误人。不知如何用心，方到古人不用心处？不知如何用意，乃为写意？

又说：

> 今之号为画者伙矣，营营焉，攘攘焉，屑屑焉，如蚕泯贸丝，视以前古法物，目眩五色，挢舌而不能下矣。矧可与知古人称心所在也耶！

此亦可为当前投机下海者写照矣。

《画论丛刊》，共收书五十余种，长短不一，玄浅各异，作家以逝去者为限。

于安澜先生，博学多艺，中华书局早年即为其出版《韵谱》一书。后在北平，七七事变，南返原籍。其家似在河南，抗战期间，乡居杜门者六载。当时，日寇铁蹄所至，知识分子生存甚难，如在河北，则并乡居杜门，亦不可能。

书为一九六二年八月版，时国家困难已过，纸质较好，印刷装订均佳，校对亦细，于先生对此书出版，颇为负责，后附校勘记，甚精审。

四、《画鉴》

解放以后，人美刊印古籍，名目繁多：除《画论丛刊》，尚印行过《中国画论类编》，惜我未见。我手头有的，如《历代名画记》与《图画见闻志》，则称《中国美术论著丛刊》，有点校而无注，书前有简介，点校者亦为名家。《宣和画谱》《画鉴》《石涛画语录》，则称《中国画论丛书》，标点之外，尚有注译。其实美术古籍内容，很难分得清楚，名目多，反而易混。

古籍今译，今日大行。然细考之，有利有弊：太艰深者，难以译准；稍浅近者，又可不译。如《中国画论丛书》，既已加注，即可不译。《画鉴》有一则：

道士牛戬，信笔作寒鹊野雉，甚佳。

译为：

道士牛戬，信笔作寒鸦野雉等禽鸟，都是画得极好。

译与不译，差不了多少。如稍不注意，还会走失原文精神。这是为求统一，名家也只好硬着头皮去译。目前，白话译古文，成为风气，而译者学识多不逮，这就更成问题。古籍能不译，最好不译；欲读古书者，最好硬着头皮去读原文，不借助当前白话译本。

《画鉴》，元汤垕撰，书很短小，薄薄一本。讲历代的画，从吴（三国）到金。叙述简洁，颇有韵味，读一则，就像读一篇小品文。并且绘声绘色，读介绍文字，就如同见到了那张画一样，实在传神。

近日习字，我就把喜爱的段子，写在条幅上，算作读书笔记，很是有趣。

书写途中，又发现有的译文和原文只差一字：

金人杨祕监，画山水图，专师李成。（原文）

金人杨祕监画山水，专师李成。（译文）

又如：

金人任询，字君谟，草书入能品，画山水亦佳，在王子端之下者。（原文）

任询金人，字君谟，草书入能品，画山水亦佳，在王子端之下。（译文）

怎样也想不通，为什么这样做，这不是多此一举吗？再一想，这不能怪译者，只能怪领导。他只能这样译。这也是一种形式主义，费力不讨好。

我读书，有违传统的"不求甚解"之义，遇到问题，常常耿耿于怀，说三道四。不久以前，还有人责怪我"横挑鼻子竖挑眼"，现在又犯了老毛病，不觉哑然失笑。

此书后附画论，《画论丛刊》摘收。

五、《宣和画谱》

《宣和画谱》叙目载：各门画家人数及内府所藏卷轴数。其中，道释门四十九人，一千一百七十九轴；人物门三十三人，五百五轴；山水门四十一人，一千一百八轴。

此数字，从一种角度，反映宋代及其以前，绘画的内容，及各门从业画家的多少，即当时这一意识形态的趋势。

我们读《洛阳伽蓝记》等书，知道南北朝时期，佛教大行于南北，寺庙的修建，极其奢侈，其中的壁画，无比辉煌。

这些壁画，多以佛教故事为主题，然神仙之形象，不过是人间形象的扩大；神仙的生活背景，也不过是人间生活的翻版。

因此，《宣和画谱》中的道释门，其实还是人物画。它又另列人物门，所画当系历史人物。我们知道，从汉到唐，朝廷尊奉功臣，多肖像于台阁，我们看画家阎立本的故事，即可知道，当时画家，主要是从现实生活取材，为政治服务。

宗教画和政治画，逐渐发展，因此也就有了官家或私人的卷轴收藏。宗教画的发展，使更多方面的人间现实生活进入画面。因此，庙宇里的绘画，就已经不只是佛教之义的宣传，也加入了山水、楼台、禽兽、花鸟的描绘。这些描绘，各自培养了自己的画家，单列出来，就有了专长于一种形式的画家。

可以说，中国绘画，从人物画开始。这种优势，一直持续到五代。宗教和政治，是它发展的基础。从事人物画的画家，从政治和宗教中，可以得到更大的好处。他们的画作，影响也大。例如顾恺之为寺院画一新的佛像，开放以后，三天之内，寺院从如潮涌的信徒的施舍中，竟能得到一百万的收入。如此可观的经济效益，使画家身价倍增。

群众蜂拥而来，一来是为了瞻仰佛像，出于宗教感情；二来也是一种美术享受。壁画这种艺术，一直到我记事时，民间还有，艺人被称做"画庙的"。幼年进庙观光，也多徘徊于粉壁之下，是一次欣赏美术的机会。

五代以后，随着宗教的式微和政治的动乱，工作条件大为降低，艺人也逐渐减少。绘画从粉壁，转到绢素上。山水画上升到主位，人物画却逐渐成为小小的陪衬。所以明朝的唐志契在《绘事微言》中说：佛道人物，今不如古；山水林木花石，古不如今。画家趋赴之不同，引起绘画题材的变化，进一步，又改变了人们的欣赏爱好。

自宋以后，"画尊山水"。唐志契曰：画中推山水最高。

《画论丛刊》，所收论著，绝大多数，谈的是山水画。作者大都是宋元以后的人，明清为多。

山水画走上主导地位，原因很多，其中主要的一个，是画家由职业性变为副业性，由工匠变为文人。

文人画的兴起，适应了官宦、商贾、知识阶层的趣味和爱好，山林高致的思想，成了他们室内装饰的主题。

这些人身在庙堂，向往林野；身在繁华，想慕山水；智者、仁者，各有所爱；显贵者以此自高；没落者以此自况。凡是能画的，能收藏的，都把山水看成是一个永久的主题，普遍性的艺术。

最后，西画东来，中国固有的人物及其他写生之术，都有时相形见绌。惟有山水，与中国的纸、墨、笔，结为一体，相得益彰。效果突出，并变化无穷，使西洋技术，几乎无隙可乘，故能长久不衰，前途无量。

六、《画史》

我购书滥，美术书籍，除画谱画册外，还买了一些文字书：《佩文斋书画谱》，内府刻本，共六十四册，实系工具书，平日阅读不便。张丑《清河书画舫》，有竹人家刻本，共十二册，实系书画著录，理论较少。此外，如《庚子消夏记》，亦为真迹鉴定。至于《桐荫清话》，《国朝画识》等书，以其记述简略空泛，读之无味，多已送给搞美术的朋友。只留《国朝书画家笔录》一部八册，系铜活字印本，抄家时被定为"珍贵二等"。

我有一本米芾的《画史》，系湖北先正遗书本，书很薄，没有几页。我读后，印象很深，以为这才是有血有肉之作。因此悟出，无论什么著作，凡是有实践经验的人写的，如果他是一个诚挚的人，不存自欺欺人之心，这书一定有价值，可借鉴，能流传。反之，那就很难说了，大抵是空泛的多，枯燥的多。

这次，我读画论，更印证了我这个想法。凡是鉴赏家、收藏家的话,都不及画家本身的话动听感人。但人世间,实践者留下的话少,理论家的话多,这真是令人无可奈何。

例如《画论丛刊》,开卷所收:画学秘诀,画山水赋,笔法记,山水诀等篇,都是古代画人,集一生的经验,甚至是众人的经验,形成文字记录,还得伪托王维、荆浩等人的名字,才得流传下来,并被视为伪书,斥为粗俗,不知"文格"。画家何必知文格?

七、《文人画之价值》

因读鲁迅书,得知陈师曾。余心慕其人,曾购其画作三幅:一山水,二梧桐及老来少,三小幅月季。并得其遗诗一册,为其女弟子手写石印本。印谱二册,已赠韩大星。他这篇《文人画之价值》,美术书多引之,今始拜读,收在《画论丛刊》下册。

此文甚简要,其主旨为阐明文人画之特点。然所谓文人,系一笼统名词;正如所谓工匠,亦笼统名词也。陈氏谓:

> 何谓文人画?即画中带有文人之性质,含有文人之趣味。

这又是笼统话。文人的性质与趣味,能统一吗?能一致吗?亦如人心之不同,各如其面。陈氏谓:"而文人又其个性优美,感想高尚者也。"这也难说。因为有了"文人高人一等"这个前提,所以通篇文章,就常常发生矛盾。"任意涂抹,以丑怪为能",既是文人画的一种通病,又说这是"阳春白雪,曲高和寡"。既说"文人画首重精,不贵形式"。又说苏东坡的诗,"论画贵形似,见与儿童邻,乃玄妙之谈"。把工匠与文人对立起来立论,必有偏失。

中国美术遗产,无论壁画、石画,皆系古代工匠所留,形成宝库。

而历代文人画，则以各种原因，损失殆尽。贵文人而轻工匠，于美术史难以圆通。

然其有些见解，的确不凡。其所发挥，真有些像王国维之于文学，盖西学对他们的影响是相同的。当时从西方吹来的文艺清风，确使中华艺坛，耳目一新。

例如他说的：

> 人心之思想，无不求进。进于实质，而无可回旋，无宁求于空虚，以提揭乎实质之为愈也。

这对于理解现实与艺术的关系，可以说是很新颖很精辟的。

至于他说的，文人画之四要素：人品、学问、才情、思想，现在听起来是老生常谈。但在当时，能把思想与才情并列，证明陈先生还是进步的，是先驱。

从此，文人画在中国画界，成为主导，原为工匠者，也努力进入文人行列。同时，写意画多于工笔，人人标榜个性，然"能感人而能自感"者，并不多见。

陈先生英年早逝，遗著寥寥。此文虽短，精辟之论尚多。如论工笔与写意之关系：

> 人意之求工，亦自然之趋势。而求工之一转，则必有草草数笔而摄全神者。

他生前，是一个典型的文人画家，并不以画谋生，作品流传亦少，且在商店，被列在吴、齐之下。四十八岁即逝去。人云，画家多长寿，殆不尽然矣；或长寿者，必专业之画家欤？

八、《石涛画语录》

中国古代画论的基础,是画理和画法。画理就是:画者,"以通天地之德,以类万物之情"。画者,"成教化,助人伦,穷神变,测幽微,与六籍同功,四时并运。发于天然,非由述作"。以上均见于韩拙《山水纯全集序》。所谈非常玄妙。画法,就是六法。第一法是"气韵生动"。但董其昌劈头就说:"气韵不可学,此生而知之,自然天授",见《画旨》。实际上等于无法可依,白说一句。

所以历代画家,都谈实践,谈作品,很少有人在这两个玄虚问题上纠缠。甚至有人对六法持讥讽态度:"名师高谈最迂拙,先讲雅俗费口舌。又以书卷气为说,又将气韵为要诀。"见戴以恒《醉苏斋画诀》。

虽然如此,但要进一步谈中国美术,还是不能离开这两条经典。前面提到过郑午昌先生为《画论丛刊》写的序言,其中谈到画理画法,原文为:

盖画有法无法,有理无理。无法而有法,是为至法;无理而有理,是为至理。至法似无法,而法在有法之外;至理似无理,而理在有理之奥。

以上,虽不易理解,然究竟是研究者理论的升华,可以说是客观的、静止状态的理法论。石涛的一首题画诗,则是进入创作状态的,即主观的、能动的理法论了。

石涛说:

书画非小道,世人形似耳。出笔混沌开,入拙聪明死。

理尽法无尽,法尽理生矣。理法本无传,古人不得已。吾写此纸时,心入春江水。江花随我开,江水随我起。把卷望江楼,高呼日子美。一笑水云低,开图幻神髓。

这一首诗,说明一个创作过程。画家深受理法的熏陶,并对理法深有领悟和体会,面对眼前的景物,他的创作欲望,非常强烈。他进入自然景象之中,并有推动和支配这些景物的愿望。他终于与自然景物结为一体,成为大自然的一个组成部分。人景合一,天人合一。他创作的画,活了起来,也成为自然的一部分,并影响着自然,赋予眼前景物新的光彩,增加了大自然的美的内涵,美的力量。

这样,石涛的画,就有了气韵,就完成了六法,也表现了个性。

每一次创作,都是画家一次神游的过程。他能把体验到的,虚无缥缈的东西,捕捉到绢素上来。

石涛的这首题画诗,是他的一次创作体验。我想,只有石涛式的创作论,才能阐释中国传统的、玄妙的、难以理解的画法画理。

一九九四年三月十三日(阴历二月初二)
外面大风,窗前阳光甚暖。至此,本文结束。
盖自旧历年后,余开始读书、为文,已近一月矣。

欧阳修的散文

世称唐宋八家，实以韩柳欧苏为最，其他四位，应说是政治家，而非文学家。欧阳修的文风接近柳宗元，他是严格的现实主义者。苏轼宗韩，为文多浮夸嚣张之气，常常是胸中先有一篇大道理，然后归纳成一句警语，在文章开始就亮出来。

欧阳修的文章，常常是从平易近人处出发，从入情入理的具体事物出发，从极平凡的道理出发。及至写到中间，或写到最后，其文章所含蓄的道理，也是惊人不凡的。而留下的印象，比大声喧唱者，尤为深刻。

欧阳修虽也自负，但他并不是天才的作家。他是认真观察，反复思考，融合于心，然后执笔，写成文章，又不厌其烦地推敲修改。他的文章实以力得来，非以才得来。

在文章的最关键处，他常常变换语法，使他的文章和道理，给人留下新鲜深刻的印象。例如《泷冈阡表》里的："夫养不必丰，要于孝。利虽不得博于物，要其心之厚于仁。"

在外集卷十三，另有一篇《先君墓表》，据说是《泷冈阡表》的初稿，文字很有不同，这一段的原稿文字是：

"夫士有用舍，志之得施与否，不在己。而为仁与孝，不取于人也。"

显然，经过删润的文字，更深刻新颖，更与内容主题合拍。

原稿最后，是一大段四字句韵文，后来删去，改为散文而富于节奏：

"呜呼，为善无不报，而迟速有时，此理之常也。惟我祖考，积善成德，宜享其隆。虽不克有于其躬，而赐爵受封，显荣褒大，实有三朝之锡命。"

结尾，列自己封爵全衔，以尊荣其父母。从此可见，欧阳修修改文章，是剪去蔓弱使主题思想更突出。此文只记父母的身教言教，表彰先人遗德，丝毫不及他事。《泷冈阡表》共一千五百字，是欧阳修重点文章，用心之作。

《相州昼锦堂记》是记韩琦的。欧阳与韩，政治见解相同，韩为前辈，当时是宰相。但文章内无溢美之词，立论宏远正大，并突出最能代表相业的如下一节："至于临大事，决大议，垂绅正笏，不动声色，而措天下于泰山之安，可谓社稷之臣矣。"

这篇被时人称为"天下文章,莫大于是"的作品,共七百五十个字。

我们都喜欢读《醉翁亭记》，并惊叹欧阳修用了那么多的也字。问题当然不在这些也字，这些也字，不过像楚辞里的那些兮字，去掉一些，丝毫不减此文的价值。文章的真正功力，在于写实；写实的独到之处，在于层次明晰，合理展开，在于情景交融，人地相当；在于处处自然，不伤造作。

韩文多怪僻。欧阳修幼时，最初读的是韩文，韩应是他的启蒙老师。为什么我说他宗柳呢？一经比较，我们就会看出欧、韩的不同处，这是文章本质的不同。这和作家经历、见识、气质有关。韩愈一生想做大官，而终于做不成；欧阳修的官，可以说是做大了，但他遭受的坎坷，内心的痛苦，也非韩愈所能梦想。因此，欧文多从实际出发，富有人生根据，并对事物有准确看法，这一点，他是和柳宗元更为接近的。

欧阳修的其他杂著,《集古录跋尾》,是这种著作的继往开来之作。因为他的精细的考订和具有卓识的鉴赏,一直被后人重视。他的笔记《归田录》,不只在宋人笔记中首屈一指,即在后来笔记小说的海洋里,也一直是规范之作。他撰述的《新五代史》,我在一年夏天,逐字逐句读了一遍。一种史书,能使人手不释卷,全部读下去,是很不容易的。即如《史记》《汉书》,有些篇章,也是干燥无味的。为什么他写的《新五代史》,能这样吸引人,简直像一部很好的文学著作呢?这是因为,欧阳修在《旧五代史》的基础上,删繁就简,着重记载人物事迹,史实连贯,人物性格突出完整。所见者大,所记者实,所论者正中要害,确是一部很好的史书。这是他一贯的求实作风,在史学上的表现。

据韩琦撰墓志铭,欧阳修"嘉祐三年夏,兼龙图阁学士,权知开封府事。前尹孝肃包公,以威严得名,都下震恐。而公动必循理,不求赫赫之誉。或以少风采为言,公曰,人才性各有短长,吾之长止于此,恶可勉其所短以徇人邪!既而京师亦治。"从此处,可以看出他的为人处世的作风,这种实事求是的工作态度,必然也反映到他的为文上。

他居官并不顺利,曾两次因朝廷宗派之争,受到诬陷,事连帷薄,暧昧难明。欧阳修能坚持斗争,终于使真相大白于天下,恶人受到惩罚。但他自己也遭到坎坷,屡次下放州郡,不到四十岁,须发尽白,皇帝见到,都觉得可怜。

据吴充所为行状:"嘉祐初,公知贡举,时举者为文,以新奇相尚,文体大坏。公深革其弊,前以怪僻在高第者,黜之几尽。务求平澹典要。士人初怨怒骂讥,中稍信服,已而文格遂变而复正者,公之力也。"

韩琦称赞他的文章:"得之自然,非学所至。超然独骛,众莫能及。譬夫天地之妙,造化万物,动者植者,无细与大,不见痕迹,自极其工。

于是文风一变,时人竞为模范。"

道德文章的统一,为人与为文的风格统一,才能成为一代文章的模范。欧阳修为人忠诚厚重,在朝如此,对朋友如此,观察事物,评论得失,无不如此。自然、朴实,加上艺术上的不断探索,精益求精,使得他的文章,如此见重于当时,推仰于后世。

古代散文,并非文章的一体,而是许多文体的总称。包括:论、记、序、传、书、祭文、墓志等。这些文体,在写作时,都有具体的对象,有具体的内容。古代散文,很少是悬空设想,随意出之的。当然,在某一文章中,作者可因事立志,发挥自己的见解,但究竟有所依据,不尚空谈。因此,古代散文,多是有内容的,有时代形象和时代感觉的。文章也都很短小。

近来我们的散文,多变成了"散文诗",或"散文小说"。内容脱离社会实际,多作者主观幻想之言。古代散文以及任何文体,文字虽讲求艺术,题目都力求朴素无华,字少而富有含蓄。今日文章题目,多如农村酒招,华丽而破旧,一语道破整篇内容。散文如无具体约束,无真情实感,就会枝蔓无边。近来的散文,篇幅都在数千字以上,甚至有过万者,古代实少有之。

散文乃是对韵文而言,现在有一种误解,好像散文就是松散的文章,随便的文体。其实,中国散文的特点,是组织要求严密,形体要求短小,思想要求集中。我们从以上所举欧阳修的三篇散文,就可以领略。至于那种称做随笔的,是另外一种文体,是执笔则可为之的,外国叫作 Essay。和散文并非一回事。

现在还有人鼓吹,要加强散文的"诗意"。中国古代散文,其取胜之处,从不在于诗,而在于理。它从具体事物写起,然后引申出一种见解,一种道理。这种见解和道理,因为是从实际出发的,就为人们所承认、信服,如此形成这篇散文的生命。

一九八〇年五月

编 后 记

本书编选了孙犁"十年荒于疾病,十年废于遭逢"之后的创作,包括:芸斋小说、耕堂散文、随笔和杂感,以及《耕堂读书记》《书衣文录》等七十余篇。这一时期,《铁木前传》没有终卷,就得了一场大病,持续十年光景,基本不能或不想写作;接下来,遇到"文革"浩劫,身陷囹圄,遭遇非难,形成创作上的一段"空白"。直到20世纪70年代末,仍在彷徨犹疑,"然已渐露生机矣",有了写作冲动。此时孙犁,主动向他的读者表白,再也写不出从前那样的小说了。因为,经受了挫折和磨难,原来的激情没有了,浪漫情怀也烟消云散。这样,创作上的变化已很自然,从形式到内容,都是另一副"面貌",就与先时不同了。于是,文坛就有所谓新、老孙犁之说。这种变化,实是他"衰年变法",一如凤凰涅槃,浴火重生,呈现出一个全新的孙犁。

孙犁的晚作,主要指上述这一阶段的创作。而此时,他已步入生命意义上的晚年。晚年孙犁和他的晚年之作,老而弥坚,老而愈新,以创新的姿态,"一年写一本小书"的干劲,给世人带来诸多惊喜。一个明显的事实,凡读过孙犁晚作的,无不称奇,无不说好,不论老年,或者青年,都有爱它的理由。认为它是"晚年经典"。芸斋小说,一帜独秀,既有作家"主观寓意",又"多想象描写",并"文采副之",看似散文,实是小说,因为,它"语言生动,意境玄远"。细读之下,小说的意绪和风神,尽在其中,与中国古代小说文脉贯通,颇得魏晋小说的真传。进入90年代,当代文学大潮中,乡土小说、笔记小说曾风靡一时,称颂文坛,然而,芸斋小说却独步文坛,与之并不同调,倒是流传下来。它在语言运用上,文白相间,长短句、询问句交替使用,古汉语词汇大量涌现,一变叙述方式,呈现了优雅美妍的语言风格。文末取用《聊斋》《史记》及《汉书》的点评格式,把小说的主题与思想升华,使读者再次领略到我国古代汉语的风雅与美好,重温到古代汉语的深邃与古奥,并将古今现实世界打通,从而丰富了现代汉语言的表现力。这在当代作家中,也只有孙犁,如此来做,并能取得成功。所以,芸斋小说应是他晚作之首选和重头戏。

关于耕堂散文,孙犁说,这是一种"老年文体"。特点是自在与随意。孙犁晚年作品,写得最多的是散文;得心应手,繁复多变的,也是散文;佳酿美文,美不胜收的,还是散文。他一再表示,要写"中国式的散文",又身体力行地写作,把散文写作的疆域大大拓宽(不独抒情散文一种),还将散文艺术推向极致,达到一个新的高度。同时,孙犁对散文理论悉心研究,由古到今,中外兼顾,梳理与归纳,提出(散文)许多"规律性"的观点与意见,对散文创作很富有建设性和借鉴意义。因此,我们在编选中,不只编选他的晚近散文,还有意编入他的一些散文理论,如《欧阳修的散文》,视为一篇突出的代表文章。

晚年孙犁,顺手写来,"诸体兼备",不只写作散文随笔,读书记、题跋、书衣文、杂文,多种文体,都不放过;他有感便写,写出来,就是好文字,而且新鲜耐读。读书记,既要有专业修炼,还需一定业务水准,因此这类文字极不易写,写好就更难了。孙犁的读书记，贯通古今，熔古铄今，古为今用，总与现实生活相关照，将历史成活在当下生活里，他是真正能把"死书"读"活"的人。为之，文章水平之高，连一些专攻文史的专家（如来新夏先生）都惊叹，认为，在当代作家中，像孙犁这样，能通达文史术学，与之比肩的，实无第二人。还有，他的随笔、杂感，深得鲁迅之风，尖刻泼辣，穿骨入髓，是诙谐幽默，无巧之巧。《庚午文学杂记》，即属此类，对文坛颓风的批判，直击要害，绝不留情；对文势的观察，放眼全局，很有针对性、前瞻性，许多问题不幸言中。《读〈史记〉记》（上）（中）（下）及（跋），这是他所有《读书记》中，最见深厚功夫的一篇，比某些教科书好读，还有阅读价值。有的选本虽已编选过，但考虑再三，不能忍痛割爱，仍旧选入本编中，顾不得其他。此外，晚年孙犁大病痊愈后，写了《读画论记》，这是他颇为满意的一篇理论文章，是在他耄耋之年、衰暮之季写作的，近万字之长，某些论点还能与大师"暗合"，令人叹服，因而也慨然选录，以慰孙犁先生。

编辑过程中，我们虽然尽力避之，仍难免与其他选本在篇目上"撞车"，不当之处，请方家指正。

编选者

2016年春季